ROTRAUD SCHÖNE

Schlesische Weihnacht

ROTRAUD SCHÖNE

Schlesische Weihnacht

LangenMüller

Besuchen Sie uns im Internet unter
www.langen-mueller-verlag.de

Die Erstausgabe erschien 1991 unter dem Titel
»Bunzlauer Weihnachtsteller«.

5. Auflage 2010

Schutzumschlaggestaltung: Wolfgang Heinzel
unter Verwendung eines Fotos von
Klaus Hartmann, Niederhausen
Satz: ew print & medien service gmbh, Würzburg
Gesetzt aus: 10/13 pt. Candida
Druck und Binden: GGP Media GmbH, Pößneck
Printed in Germany
ISBN 978-3-7844-2973-1

Was Weihnacht ist …

Was Weihnacht ist, haben wir fast vergessen.
Weihnacht ist mehr, als ein festliches Essen.
Weihnacht ist mehr, als lärmen und kaufen,
durch neonbeleuchtete Straßen laufen.
Weihnacht ist: Frieden, vergessene Stille,
ein zum Guten sich öffnender Wille.
Ist Atemholen im Alltagshasten,
in dunklen Tagen ein kurzes Rasten.
Weihnacht ist: Zeit für die Kinder haben,
und auch für Fremde mal kleine Gaben.
Weihnacht ist mehr, als Geschenke schenken,
Weihnacht ist: mit dem Herzen denken.
Und alte Lieder beim Kerzenschein –
so –
sollte Weihnachten sein.

Rotraud Schöne

Inhalt

Rübezahl *9*
Christkindelmarkt *14*
Mohnpielen und Weihnachtspunsch *19*
... und hätten der Liebe nicht ... *25*
Weihnacht in der Friedenskirche *31*
Die Glocken von Neukirch *39*
Henriette von Walden *50*
Der Strietzelbäcker von Landeshut *68*
Tante Anna erzählt *77*
Das Weihnachtslicht *88*
Bunzlauer Weihnachtsteller *102*
Schlesische Weihnacht
im geteilten Deutschland *113*
Der Römer aus der Josephinenhütte *121*
Eher geht ein Kamel durch ein Nadelöhr ... *133*
Fürst-Pückler-Eis *144*
Herrnhuter Weihnacht *154*
»Stille Nacht« in Klein-Oels *170*

Rübezahl

Am äußersten Ende von Schreiberhau, mitten im Riesengebirge, da, wo man den schönsten Blick auf die Schneekoppe hatte, wohnte die Anna Teschner in ihrem Häuschen. Einmal war es ein Haus voller Leben und Freude gewesen, als die junge Anna den nur wenige Jahre älteren Paul Teschner geheiratet hatte und ein Jahr danach der kleine Wilhelm zur Welt gekommen war. Das war lange her. Paul war früh gestorben. Seine Lunge hatte der Glasbläserei in der Josephinenhütte nicht standgehalten.

Die Glashütte war das Zentrum der Werktätigen in diesem Teil des Riesengebirges. Sie ernährte recht und schlecht alle Familien im Umkreis, und von ihr aus gingen die wunderbarsten Glasschöpfungen in alle Welt. Aber die Arbeit war hart, die Leute erkrankten früh und starben, als ihre Kinder noch den Vater brauchten. Anna zog ihren kleinen Sohn tapfer allein auf. Vormittags ging sie putzen, wenn er in der Schule war. Am

Nachmittag und Abend machte sie Heimarbeit. Sie flocht reizende Korbsachen, Puppenstühle, Deckelkörbe und Lampenschirme. Ihre Hände wurden rauh dabei, aber es machte ihr Spaß, wenn unter ihnen die hübschen Dinge entstanden.

Der Lohn dafür war gering. Oft reichte er kaum für die karge Ernährung der beiden. An neue Garderobe für den ständig wachsenden Jungen war selten zu denken. Anna stückelte hier und ergänzte da, und das Ergebnis war eine vielfach geflickte Joppe, die Wilhelm unverdrossen zur Schule und überall hintrug.

Gerade als es so weit gekommen war, erbarmte sich Rübezahl der beiden. Der Berggeist, der die Gegend beherrschte und da polterte, wo es galt, hochnäsige Leute zu ducken und aufmüpfige in Schach zu halten, nahm sich mit Vorliebe der Armen an. Anna und ihr kleiner Wilhelm gehörten dazu. Rübezahl nahm sich ein kräftiges Gewitter zu Hilfe, das im Herbst über die Berge rollte. Blitz und Donner fuhren durch die Luft, und der Regen fiel nur so vom schwarzen Himmel. Ein Wetter, um Fenster und Türen fest zu verschließen und sich unter die Lampe zu ducken, denn selbst die dunklen Zimmerecken waren unheimlich. Je später es war im Jahr, desto mehr stürmte es. Als sich der Advent näherte, klopfte es an Anna Teschners Häuschen, dreimal zwischen zwei Donnerschlägen, so laut und wild, daß die Frau glaubte, es brauche jemand ihre Hilfe in dem Unwetter. Rasch und furchtlos öffnete sie die Tür. Draußen war niemand. Der Sturm fuhr ihr in die Haare, daß sie den Kopf senken mußte. Und da entdeckte sie ein großes, verschnürtes Paket nahe der Schwelle. Drin im Zimmer legte sie es auf den Tisch und entzifferte die Aufschrift: FÜR ANNA UND WILHELM stand da.

»Das is für uns beede, Junge«, sagte Anna und begann, Schnur und Papier zu öffnen. Und dann stand sie ganz still da, und Tränen liefen ihr übers Gesicht.

»Weeßte, wer doas is, Wilhelm – doas is der Rübezahl.«

Mit zitternden Händen zog sie ein warmes Umschlagtuch hervor, und darunter eine nagelneue Winterjoppe, zufällig genau in Wilhelms Größe. Wilhelm war skeptisch.

»Gloobste doas werklich, Mutta?«

»Nu ob – gekloppt hat a und denn woar a weg. A Mensch – wo sullte der scho hie sein so schnell ei däm Wetter. Nee, nee – doas woar a, der Rübezahl.«

Anna Teschner zeigte dem Berggeist ihre Dankbarkeit mit einem kleinen Geschenk. Bis Weihnachten sparte sie sich ein paar Extrazutaten für ein typisch schlesisches Gebäck ab. Sie machte einen lockeren Hefeteig, hob tüchtig Rosinen darunter und stach mit dem Löffel kleine Mengen ab, die sie in flüssiges Fett gleiten ließ, das sie auf dem kleinen Herd am Brodeln hielt. Nach wenigen Minuten waren die bizarren Gebilde knusprig braun und füllten das ganze kleine Haus mit ihrem Duft. »Pommelchen« hießen sie, und Anna stellte sie am Heiligen Abend in einer irdenen Schüssel neben der Haustür in den Schnee, schlug ein sauberes, kariertes Tuch darüber und pinnte mit einer Nadel ein Zettelchen daran: DEM RÜBEZAHL.

Zwei Pommelchen behielt sie zurück, die sie mit Wilhelm als Festmahl verspeiste. Die Schüssel vor der Haustür war am nächsten Morgen leer, und Anna war zufrieden.

Im nächsten Jahr wiederholte sich das Geschehen, und im übernächsten noch einmal. Und so ein paar Jahre hindurch, bis der Wilhelm herangewachsen war. Jedesmal während adventlicher Winterstürme lag ein Paket vor dem Teschner-Haus. Und Weihnachten verschwanden die Pommelchen aus der Schüssel vor der Haustür.

Dann war der Junge groß geworden und zog aus dem Hause fort. Er bekam in Hirschberg eine Lehrstelle und besuchte die Mutter an den Wochenenden. Drei Jahre später hörten auch diese Besuche auf. Wilhelm zog nach Breslau. Er war Automechaniker geworden und hatte auf die-

sem neuen Gebiet gute Aufstiegsmöglichkeiten. Jetzt fuhr er nur noch Ostern und Weihnachten nach Schreiberhau, um die Mutter zu sehen.
Anna Teschners Leben hatte seine Mühsal verloren. Sie ging nicht mehr putzen. Statt der Korbwaren machte sie Häkel- und Strickarbeiten, die in den Handarbeitsgeschäften in Oberschreiberhau an die Sommer- und Wintergäste verkauft wurden. Und Wilhelm schickte ihr jeden Monat mit der Post einen ansehnlichen Geldschein.
Eines aber ließ sich die treue Anna auch im Alter nicht nehmen: An jedem Weihnachtsabend stellte sie die kleine Schale mit dunkelbraunen Pommelchen vor die Haustür. Am nächsten Morgen war das Gebäck verschwunden. Anna holte die leere Schale ins Haus und brummelte zufrieden:
»Do hoat's dir geschmeckt, Rübezahl.«

Christkindelmarkt

»Mutti, Mutti, der Weihnachtsmarkt wird aufgebaut!« Mit hochroten Wangen stürmte Eva ins Wohnzimmer, schleuderte ihre eisverkrusteten Strickfäustel auf den Tisch und preßte die blaurot gefrorenen Hände an den Kachelofen. »Nimm die Handschuhe vom Tisch, Evchen«, mahnte die Mutter. »Sie sind ja ganz naß!«
»Die ersten Buden stehen schon auf dem Wilhelmsplatz.«
Eva stopfte die Fäustel in die Manteltaschen. »Dürfen wir heute hingehen, Mutti?«
»Wenn ihr mit den Schularbeiten fertig seid. Ich sehe sie mir nachher an. Und hole mal die Handschuhe wieder aus den Taschen, damit sie trocknen können.«
Die Mutter verschwand in der Küche, Eva ins Kinderzimmer. Beim Mittagessen verkündete Martin die große Neuigkeit. »Den Weihnachtsbaum haben sie schon ganz früh aufgestellt, und

mittags waren die Kerzen dran. Mutti, kriegen wir wieder ein bißchen Weihnachtsgeld?«
»Ich auch!« rief Katharina dazwischen und dokumentierte damit, daß sie sich den Geschwistern anschließen wollte.
Die frühe Dämmerung setzte schon ein, als sich die Kinder auf den Weg machten. Die Pudelmützen tief über den Kopf gezogen, mit warmen Mänteln, Schals und Wollhandschuhen trabten sie die Gartenstraße hinauf. Vom Wilhelmsplatz her erklangen Weihnachtslieder. Helle Lichterketten spannten sich von Bude zu Bude. Auf den Wegen war der Schnee festgetreten und glatt. Kinder und Erwachsene schoben sich von einem Stand zum andern. Und es duftete! Nach Äpfeln, die knallrot kandiert aus der Zuckermasse gezogen wurden, nach frischen Lebkuchen und gerösteten Mandeln. Katharina behauptete sogar, den türkischen Honig zu riechen, den es in Streifen für fünf oder zehn Pfennige gab und der so schön lange zwischen den Zähnen klebte. In trefflichem Schlesisch wurde alles lautstark angepriesen:
»Kimmt ock, ihr Leite, asu scheene Sachen – und billig! Kimmt ock und säht!«
Die Kinder standen lange nachdenklich vor dem Tisch, auf dem die unterschiedlichsten Küchengeräte aufgebaut waren. Es fiel ihnen schwer, sich zwischen einer Zitronenreibe und einem

Milchsieb zu entscheiden. Mutti würde sich zu Weihnachten über das eine ebenso wie über das andere freuen. Dabei war es unerheblich, ob es die dritte Reibe oder das fünfte Sieb war.
»Wieviel Geld hast du noch, Martin?«
»Achtzig Pfennig.«
»Dann kaufst du die Reibe und ich das Sieb«, entschied Eva. Martin zögerte. Die Zitronenreibe war zehn Pfennig teurer als das Sieb, und er hatte noch so viel vor mit seinen achtzig Pfennigen. Aber man sollte doch ja nicht denken, daß er mit seinen Geschenken für die Mutti knauserte. Jedes der Kinder reichte sein Geld über den Ladentisch und bekam sein Päckchen, in Zeitungspapier gewickelt.
»Katharina ist weg!«
Eva drehte sich angstvoll um die eigene Achse.
»Katharina!« riefen sie zweistimmig in die Menge. Es war zu dunkel, um die Gesichter zu unterscheiden. Wie helle Flecken schoben sie sich an den Geschwistern vorbei. Es hatte angefangen zu schneien.
»Wir müssen sie suchen, Martin. Hier stehen und schreien nützt nichts. Um halb sieben sollten wir zu Hause sein. Ich glaub', es ist schon später.« Eva war in heller Aufregung. Martin blieb ruhig.
»Ich geh' hier lang und du da. Ich frag' mal jemanden, wie spät es ist.«

»Und dann – wo finden wir uns wieder?«
»Eben hier – wenn wir überall gesucht haben.«
Das Durchkommen war gar nicht so schwer. Der Wilhelmsplatz war ja nicht groß. Laut rufend drängten sich die Kinder zwischen die Marktbesucher. Ihre Stimmen gingen unter in dem weihnachtlichen Lautsprechergedudel. »Ihr Kinderlein kommet« schallte es gerade über den Platz. Ratlos trafen die Geschwister wieder zusammen.
»Was machen wir nun?«
»Da!« wies Eva mit ausgestrecktem Arm. Vor der letzten Bude, am oberen Ende der Gartenstraße, hockte Katharina und spielte selbstvergessen mit einem schwarzbraunen Rauhhaardackel. Über den Tisch mit den zum Kauf angebotenen Stricksachen lehnte eine alte Frau und sah den beiden wohlgefällig zu. »Katharina!« Eva schoß auf das Kind zu, Vorwurf und Erleichterung gleichermaßen in der Stimme. »Warum bist du denn weggelaufen? Wir suchen dich seit einer Ewigkeit.«
Katharina sah mit so unschuldigen Augen auf, daß ihr Eva umgehend verzieh.
»Ist er nicht süß? So einen will ich auch haben.«
Martin zog die kleine Schwester hoch. »Komm jetzt.«
Willig ging sie mit. Ihre Zähne schlugen vor Kälte aufeinander. Der ganze Körper zitterte.

Zu Hause taten alle drei sehr geheimnisvoll. Mutti fragte auch nicht viel. Sie ahnte, daß sie von den Einkäufen auf dem Christkindelmarkt nichts wissen durfte. Daß ihr aber Katharinas Verschwinden verheimlicht wurde, das ahnte sie nicht. Eva und Martin verschwiegen es nicht nur aus Rücksicht auf die kleine Schwester. Sie hatten ein schlechtes Gewissen und fühlten sich für das Geschehen verantwortlich.
Es war nur gut, daß Katharina mit ihrer Erkältung bis zum Weihnachtsabend fertig wurde.

Mohnpielen und Weihnachtspunsch

Sie war in Schlesien geboren. Und obwohl sie schon mehr als dreißig Jahre in Berlin wohnte, betonte sie bei jeder denkbaren Gelegenheit: »Ich bin Schlesierin.«
Brigittes Mann war ein »Urberliner«, wie man diese eigene Spezies zu nennen pflegt. Sie selbst hatte dazu beigetragen, die Bevölkerung der einzigartigen Stadt um drei zu vermehren.
Das 1:4 Verhältnis in der Familie war im Anfang problemlos. Später, als die Kinder erwachsen wurden, hatte Brigitte oft einen schweren Stand, ihre schlesische Heimatstadt gegen die vier Großstädter zu verteidigen.
»Gittel«, pflegte ihr Mann zu frotzeln - er nannte sie Gittel, sie liebte das, es klang so schön schlesisch - »Gittel ist aus einer Kleinstadt.«
»Mittelstadt!« begehrte Brigitte auf. Sie fühlte, daß er sie und ihre Heimat nicht richtig würdigte. »Im Krieg waren wir sogar mal Großstadt, über hunderttausend Einwohner!«

Brigitte wandte allerlei Zeit auf, in Berlin Schlesier aufzutreiben, möglichst solche aus ihrer »Mittelstadt«. Sie lud sie einmal im Jahr zu sich zu einem Schlesiertreffen im Kleinen. Dann saßen in ihrem Hause, über mehrere Räume verteilt an kleineren und größeren Tischen, etwa zwanzig, dreißig Personen mittleren und älteren Jahrgangs. Der Hausherr ging freundlich grüßend von Tisch zu Tisch.
»Sind das alles Görlitzer?« fragte er Brigitte leise. Sie strahlte: »Natürlich.«
»Dann war es ja wohl doch eine Großstadt«, bemerkte er trocken. Die Schlesiertreffen in Brigittes Haus fanden immer um die Weihnachtszeit statt. Immer wurden dabei Bilder gezeigt vom damaligen und vom jetzigen Schlesien, und immer gab es Mohnpielen und Weihnachtspunsch. Nichts anderes. Das war auch nicht nötig. Denn wer zwei oder drei Löffel von der inhaltsreichen Mohn-Semmel-Speise mit Milch, Mandeln und Rosinen genossen hatte, war satt bis zum nächsten Tag.
Kerzen brannten auf allen Tischen, und wenn die Kupferkanne mit dem Punsch – Tee, Rotwein, Rum, Orangensaft, Zucker und Nelken – genug in der Runde gekreist war, dann wurde das Erzählen abgelöst durch weihnachtliches Singen. Zum Schluß fuhr Brigitte noch »schläsischen Sträselkucha« auf.

Als alle spät gegangen waren, fegte Brigitte die Krümel vom Tisch - Streuselkuchen krümelte so, auch wenn viel Butter drin war -, goß sich einen letzten Rest Punsch ins Glas und setzte sich noch für ein paar Minuten zu ihrem Mann. Als Ausklang sozusagen. Sie machten das immer so.
»Haste wieder hübsch gemacht, Gittel«, sagte Heinz anerkennend.
Brigitte blies die Kerze aus, die den Punsch im Stövchen warmgehalten hatte.
»Sie sind doch alle nett, findest du nicht auch? Und das ist vielleicht der Vorteil einer Klein- oder Mittelstadt: daß man viel mehr Berührungspunkte hat. Gemeinsame Bekannte, gemeinsam Erlebtes, die Straßen, Plätze, das Theater. Das ist alles anders als in Berlin, vielleicht enger, aber gewiß nicht engstirniger.«
»Sicher nicht«, gab er zu. »Spießer gibt's auch in Berlin.« »Und dann«, schwärmte sie zum hundertsten Male, »diese wunderschöne Altstadt von Görlitz! Völlig erhalten - ein zweites Rothenburg ob der Tauber.« Sie tat einen tiefen Seufzer in ihr Glas hinein. »...die jetzt langsam und hoffnungslos verfällt.«
Eine Weile war es still. Heinz hantierte am CD-Player, legte Vivaldi auf, die VIER JAHRESZEITEN.
»Wollen wir nicht mal hinfahren?« fragte Brigitte nachdenklich.

»Wohin?«
»Nach Schlesien. Das kann man doch, oder? Mit polnischen Visa und eingetauschten Zloties. Und dann Breslau besuchen und das Riesengebirge. Und Görlitz-Ost, den Teil, der von der Neiße abgeschnitten wurde. Was sagst du dazu, Heinz? Ist das nicht eine tolle Idee?«
Heinz mußte über diese tolle Idee erst eine Weile nachdenken. »Wie stellst du dir das vor? Nur wir zwei – ohne Anhang? Und ohne organisierte Reisegesellschaft?«
»Nur wir zwei«, sagte Brigitte ernsthaft. »Mit unserem Wagen und nicht zu viel Gepäck.«
»Das läßt sich hören, Gittel. Und wann?«
»Wenn's warm ist und grün. Vielleicht im Mai?«
»Vielleicht im Mai. Gut. Ich werde mir eine Woche freinehmen. Was vorzubereiten ist, machst du. Visa, Reiseroute und so weiter, klar?«
Im Mai fuhren sie. Sie nahmen an Kleidung nur das Nötigste mit, dafür vieles, was es im alten Schlesien, dem heutigen Polen, kaum gab: Kaugummis und Schokolade für die kleinen, Kaffee und D-Mark-Stücke für die großen Leute. Das öffnete ihnen Tür und Tor. Sie waren gerngesehene Gäste. Sie genossen die schöne, unveränderte Landschaft und nahmen die einfachen Unterkünfte in Kauf.
Im Ostteil ihrer Stadt liefen Brigitte die Tränen

übers Gesicht. Sie stand auf dem Friedrichsplatz und umklammerte den Arm ihres Mannes.
»Wenn ein Zirkus in der Stadt war, dann war er hier. Wir durften die Tiere angucken und bekamen ein Eis spendiert. Alle militärischen Paraden waren auf diesem Platz. Mein Vater ritt vor seiner Kompanie.«
Kindheit ist in der Erinnerung schön und schmerzlich zugleich.
Grenzübergang Görlitz. Der westliche Teil der Stadt, einmal »Gartenstadt« genannt, war nicht minder trostlos.
»Es ist alles so klein geworden, und so grau.«
In der Altstadt fotografierten sie die immer noch schönen Renaissanceportale, die gotische Peterskirche, die »Justitia« am Alten Rathaus. Auf dem Obermarkt, der jetzt Leninplatz hieß, drehte sich Brigitte rundum.
»Es ist alles anders, Heinz. Obwohl eigentlich nichts verändert ist.« Ihre Stimme war klein und verzagt.
Heinz legte ihr den Arm um die Schultern.
»Ich verstehe das, Gittel. Die Erinnerung hatte es verklärt, und was du jetzt siehst, ist ernüchternd. Die Stadt war mal reich und ist jetzt arm. Da mußte sie sich verändern – obgleich eben nichts verändert wurde. Das scheint nur ein Widersinn, aber es ist logisch.«
Brigitte schniefte ein bißchen.

»Ich bin aber doch Schlesierin, und wenn ich bis zum Lebensende in Berlin bleibe. Es ist bestimmt so: Kindheit ist Heimat.«
Im darauffolgenden Dezember kam die Schlesierrunde wieder zusammen. Es gab Mohnpielen und Punsch, und Brigitte erzählte:
»Wir waren in Schlesien. Im Mai. Es war wunderschön. Ich hatte ganz vergessen, wie schön es ist. Eine ganz unverdorbene Landschaft, fast keine Autos, keine Hochhäuser. Alles unverändert, so wie es früher war. Ein bißchen verfallen inzwischen - aber das läßt sich irgendwann sicher wieder aufbauen. Es müßten eben wieder Schlesier hin.«
Sie blickte lächelnd in die Runde, ein bißchen verlegen, ein bißchen auftrumpfend.
»Ja, ja«, murmelte der alte Rechtsanwalt aus Görlitz, »da ist der Wunsch der Vater des Gedankens. Ich erlebe das nicht mehr - ich nicht.«

... und hätten der Liebe nicht ...

Eilig zog Martha die dicke Winterjacke über und schlug das große Wolltuch um den Kopf. Es war spät für sie geworden. Die Glocken der schlesischen Dorfkirche waren schon verstummt, deren Klang sich minutenlang durch die klare Luft geschwungen hatte. Die Christmette mußte schon begonnen haben.

»Nu mach ocke, daß de fertig werst«, hatte die Mutter schon vor einer Stunde ungeduldig gemahnt. Aber Martha war eben nicht fertig. Nach der Kirche sollte zu Hause die Bescherung sein, und den dicken Wollsocken für den Vater fehlte noch die Spitze des rechten Fußes.

Die Eltern gingen voraus durch den Schnee, und Martha strickte mit hochroten Wangen die letzten Maschen, schnürte dann ein schmales Silberband um die Handarbeit und legte sie unter den kleinen, geschmückten Christbaum, der mitten auf dem Tisch der Wohnstube stand. Hastig löschte sie das Licht und verschloß die Haustür.

Im Laufen schob sie eine blonde Haarsträhne unter das Tuch und zog es sich fester um die Schultern. Es war bitterkalt. Der Schnee glitzerte rechts und links neben der Dorfstraße im Mondschein und knirschte unter den Füßen. Wie eine Säule stand der Hauch vor dem Munde des Mädchens. Martha mußte fast das ganze Dorf durchqueren, um zur Kirche zu gelangen. Hier und da rutschte ihr Fuß auf dem festgetretenen, glatten Schnee aus. Genau vor dem Gemischtwarenladen schlug sie lang hin, wollte rasch wieder aufstehen und blieb leise wimmernd liegen. Der rechte Fuß wollte ihr nicht gehorchen. Er schmerzte entsetzlich.
Niemand konnte ihr helfen. Das Dorf war menschenleer. Um diese Zeit waren fast alle in der Kirche. Fast alle ...
Mit einem leisen Knarren öffnete sich die Tür neben dem Lädchen, die zu dem Wohnteil des Hauses führte. Im Licht des kleinen Flurs stand die bärtige Silhouette von Samuel Goldschmitt, im langen, beinahe bis zum Boden reichenden Kaftan.
Mit ein paar Schritten war der Mann bei dem Mädchen, half ihm auf und führte es mit stützenden Armen in sein Haus.
»Nu is gutt«, murmelte er dabei immerzu. »Nu is gutt. Wär'n mer säh'n, wär'n mer finden.«
Drinnen war es warm und hell. Martha war noch

nie in der Wohnung des Juden gewesen. Alle kannten nur den Laden, und alle kauften dort. Daß Samuel Goldschmitt auch ein kleines, bescheidenes Privatleben hatte, darüber dachte keiner nach.
Behutsam half der Mann seinem Schützling auf das wachstuchbezogene Sofa, legte Martha eine Wolldecke über und setzte geschäftig einen Kessel mit Wasser auf den Herd, in dem noch ein helles Feuer flackerte.
»Werd' ich machen einen Tee, und dann wär'n mer finden, wo is Schmerz.«
Martha zog vorsichtig die Decke beiseite und ihren Rock ein Stückchen hoch und besah sich ihren Knöchel, der über dem Halbstiefel zusehends anschwoll. Samuel verfolgte die Bewegung mit dem Blick.
»Wär'n mer missen den Stiefel ausziehen«, sagte er vorsichtig. Er wartete auf Marthas Zustimmung, die Ellenbogen an den Seiten angewinkelt und die Finger schon hilfsbereit gespreizt, um die Schnürbänder zu lösen. Martha nickte. Sie wurde plötzlich blaß, ihr Kopf sank zurück auf das zartgelbe Sofakissen, auf dem in großen Stickbuchstaben SHALOM stand.
»Es tut ziemlich weh«, flüsterte sie.
Ein paar Sekunden später fiel ihr Stiefel auf den Boden, und ein kühlendes feuchtes Tuch wurde auf den noch bestrumpften Knöchel gepreßt.

»Is verstaucht«, stellte Samuel mit der Sicherheit eines erfahrenen Arztes fest.
»Ich wollte zur Kirche, zur Christmette.« Marthas Erklärung klang wie eine Entschuldigung. »Ich bin asu gerannt, und 's woar glatt – i woar a weng zu spät.«
Samuel Goldschmitt goß den Tee auf. Ein zarter Duft zog durch den Raum.
»Se wär'n auch ohne dich beten«, sagte er gelassen. »'S kommt nich drauf an, was mer tut in der Menge. 'S kommt drauf an, was mer denkt im Herzen. Und mit'm Herzen denken, das erst macht den Menschen.«
Martha hörte erstaunt zu. Niemals hatte sich irgend jemand im Dorf Gedanken über Samuel Goldschmitt gemacht. Er war da, er stand hinter seinem Ladentisch, und er hatte buchstäblich alles, was jedweder im Dorf brauchte, vom Honigtopf bis zu den Holzpantinen. Daß er Jude war, wurde akzeptiert. Irgendwann nach dem Weltkrieg war er irgendwoher aus dem Osten gekommen, hatte recht schnell so viel Deutsch gelernt, wie er brauchte, um seine Waren an die Dorfbevölkerung zu bringen. Er war ein bißchen fremdländisch, eben der »Dorfjude«, und lebte allein und zurückgezogen. Aber in einer Weise gehörte er doch zur Dorfgemeinschaft. Nach ein paar Jahren war er nicht mehr wegzudenken.
Jetzt plötzlich, in dieser Christnacht, leistete der

Jude Samuel Goldschmitt Samariterdienste an der Christin Martha und sprach Weisheiten aus, die das junge Mädchen nachdenklich machten.
»Herr Goldschmitt«, sagte sie leise. »Ich dank' Ihnen ooch scheen. 's is mir schon besser. Ich gloob, Se sind a guata Mensch. Und ich gloob ooch, doas es goar ni so wichtig is, ob eens a Jud oder a Christ ist – a Mensch, doas is doas Wichtigste.«
Samuel Goldschmitt nickte leicht mit dem Kopf, und sein Bart warf dabei einen Schatten auf seine Brust.
»Mer darf nich vergessen: Jesus Christus war auch a Jud, und er hat viel gehalten von der Schrift, was is Altes Testament. Bloß bei uns heert's da auf, wo Altes Testament aufheert, und bei eich fängt's da erst an – wo's Neie Testament anfängt. Das is der Unterschied.«
Martha nickte. »A Unterschied is scho da – aber de Menschlichkeit, die is gleich.«
Von draußen kam Glockengeläut in die kleine Wohnstube. Die Christmette war vorüber. Martha richtete sich auf dem Wachstuchsofa auf.
»Und nu, Herr Goldschmitt«, sagte sie mit einem winzigen Triumph in der Stimme, »nu is unser Heiland geboren, und doa is doo wieda der Unterschied. Denn doas hoabt ihr ni, de Weihnachtszeit.«
Samuel Goldschmitt faltete sorgfältig die Woll-

decke wieder zusammen, die auf Marthas Beinen gelegen hatte.

»Ham wer unser Chanukka«, brummelte er friedlich. »Is auch Fest von Freude und Liebe. Machen wer Geschenke wie ihr und brennen Kerzen und sin-gen Lieder wie ihr. Und das is Wichtigkeit von solche Fest.«

Martha versuchte aufzustehen. Ihr Fuß war so geschwollen, daß er nicht mehr in den Stiefel paßte. Der Mann gab ihr einen reinen Wollsokken und einen Filzpantoffel.

»Werd ich dich fiehr'n, Martha, du kannst noch nich laufen mit dem Knechel«, sagte er ruhig. Er bot ihr seinen Arm und seine Schulter zur Stütze und half ihr über die Dorfstraße bis zum Elternhaus.

Das war Weihnachten 1933. Die blonde Martha war gerade sechzehn Jahre alt.

Fünf Jahre später wurde der Jude Samuel Goldschmitt »verschickt«, in ein »Arbeitslager«, hieß es. Er schnürte wortlos sein Bündel und folgte dem Polizisten, der ihn abholte, zur nächsten Bahnstation. Den kleinen Laden übernahm die resolute Frau des Dorflehrers.

Zwölf Jahre später gab es Schlesien nicht mehr. Laut Potsdamer Beschluß war es von der Landkarte ausgelöscht.

Weihnacht in der Friedenskirche

Über das winterliche Schweidnitz brach nachmittags gegen vier Uhr die Dämmerung herein. Noch wehrten die Schneedecken auf den umliegenden Feldern mit ihrer Helle der frühen Dunkelheit. Aber in der kleinen Stadt wurden schon hier und da die Lichter angesteckt. Und wer das Haus verließ, trug seine Laterne vor sich, um den Weg zu finden. Aus allen Gassen strömten die Schweidnitzer zusammen und gingen auf das Tor zu, das im Osten die Stadtmauer durchbrach und zum freien Feld führte. Außerhalb der Mauer kamen die Lichterzüge von allen Seiten aus den umliegenden Dörfern, schmale, leuchtende Rinnsale, die sich zu einem großen Strom vereinten und einem Ziel zustrebten: der etliche 100 Meter vor der Stadt liegenden Kirche, die sie in gemeinsamer Arbeit errichtet hatten.
Es war der 24. Dezember 1657, und es war das erste Weihnachtsfest in der Friedenskirche zu Schweidnitz.

Die evangelischen Schlesier aus Schweidnitz und seiner Umgebung waren stolz auf ihre Kirche, und das mit Recht. Als Schlesien nach dem Westfälischen Frieden 1648 dem deutschen Kaiser in Wien unterstellt war, wurde die katholische Religion des Herrscherhauses dem Land aufgezwungen. Der größte Teil der Bevölkerung fügte sich. Es blieb aber immer noch eine Christengemeinschaft, die sich diesem Beschluß widersetzte und sich zu der Reformation Martin Luthers bekannte. Da alle Kirchen im Lande rekatholisiert wurden, verwehrte man den Anhängern Luthers die Ausübung ihrer Andachten.

Die schlesischen Protestanten blieben hartnäkkig. Drei Jahre nach Friedensschluß reichten sie in Wien eine Petition ein, in der sie um die Baugenehmigung einer eigenen Kirche baten. Der Kaiser nahm sich acht Monate Bedenkzeit, dann gab er die Genehmigung zum Bau. Aber er knüpfte Bedingungen daran, die die Ausführung fast unmöglich scheinen ließen:

Die Kirche mußte außerhalb der Stadtmauern – einen Kanonenschuß weit entfernt – errichtet werden; sie durfte keinen einzigen Nagel enthalten und nur aus Holz, Stroh und Lehm gebaut sein; sie durfte keinen Glockenturm erhalten und – das war die arglistigste der Bedingungen – sie mußte binnen eines Jahres fertig sein.

Wer Macht hat, hat Recht. Kaiser Ferdinand wird sich der Unerfüllbarkeit dieser Modalitäten bewußt gewesen sein. Mit dem unbeugsamen Glaubenswillen und dem Fleiß seiner protestantischen Untertanen hatte er nicht gerechnet.
Drei Friedenskirchen gestattete er den Schlesiern: eine bei Schweidnitz, eine bei Jauer und eine bei Glogau. Und die Menschen machten sich ans Werk. Für die Schweidnitzer Kirche wurde im August 1656 der Grundstein gelegt. Unterstützung kam vom Rat der Stadt und vom Grafen Hochberg auf Schloß Fürstenstein: mehrere tausend Eichenstämme wurden zur Verfügung gestellt.
Gotthold Meiering gehörte zu denen, die am Bau am unbeirrtesten zupackten. Sie hatten ihn anfänglich nicht mitgehen lassen wollen, die kräftigen jungen Männer aus Schweidnitz. Gotthold war nahe der Siebzig. Er hatte eine Tischlerei in der Stadt und nie aufgehört zu arbeiten. Im Wirtshaus hatte er sich breit vor alle hingestellt, als der Bau besprochen wurde, und mit seinem tiefen Baß gedonnert:
»Was heißt hier zu alt! Ich hab' mein Leben lang nur gearbeitet. Und ich werd' bis zu meinem Lebensende nichts anderes tun. Jetzt wird mein Laden für ein Jahr zugemacht, und ich geh' mit euch. Da woll'n wir doch mal sehen, ob ihr auf Leute wie mich so einfach verzichten könnt.«

Einer der Eifrigsten beim Zuschneiden und Teeren der Stämme, beim Lehmrühren und Verspachteln war Gotthold Meiering. Kaum daß er sich eine Mittagspause gönnte. Verbissen arbeiteten sie alle vom ersten Morgendämmern bis zum Dunkelwerden. Und unter ihren Händen wuchs ein gewaltiges Bauwerk empor. In herrlichem Fachwerk fügten sie die Wände, durchsetzten sie mit einer Vielzahl hoher, bleiverglaster Fenster und ließen starke Holzpfeiler die zweistöckigen Emporen tragen. Der Grundriß war einem griechischen Kreuz nachempfunden und verlieh dem Bau Standfestigkeit. Die riesigen Ausmaße boten Raum für 7500 Gläubige, von denen 3500 Sitzplätze bekamen.
Der erste Gottesdienst fand im Juni 1657 statt. Nicht einmal ein Jahr hatte der Prachtbau in Anspruch genommen. Und alle Bedingungen des Herrschers in Wien waren erfüllt. Zwar gab es außer dem Gestühl und der noch schmucklosen Orgel nichts im Innern, weder eine Kanzel noch den Altar, weder Holzschnitzereien noch Malereien. Aber die Kirche stand, und der erste Kirchgang war ein Dankesfest voller Stolz und Jubel. Gotthold Meiering stand direkt unter der Orgel und versuchte, den mächtigen Klang mit seinem dröhnenden Baß zu durchdringen. Dabei liefen Tränen über sein Gesicht, verfingen sich in den Wangenfurchen und tropften in den weißen

Bart. Diese Kirche hatte er mitgebaut, hatte seinen Fleiß und seinen Glauben mit hineingetragen. Übermorgen würde er siebzig werden. Sein Leben hatte sich erfüllt.
Als die Tage kürzer wurden und die Nächte kalt, legte sich der alte Meister nieder und konnte nicht recht mehr hoch. Seine Tischlerei betrieb inzwischen der Schwiegersohn, das bescheidene Haus bewirtschaftete die Tochter. Nun pflegte sie den Vater, der mit ergebener Gelassenheit dem Tod entgegensah.
Sein Appetit ging dahin und mit ihm die Kräfte. Der liebevoll gereichte Tee half weder den Lungen noch dem Magen. Mit rasselndem Atem lag der Alte auf dem täglich frisch aufgeschüttelten Strohbett, zog sich die Wolldecke bis ans Kinn und ließ die Zeit verstreichen.
Mittlerweile wurden in der Tischlerei nicht nur Schränke und Stühle gebaut, sondern hin und wieder auch hölzerne Leuchter geschnitzt. Die Aufträge kamen aus begüterten Häusern und brachten einen Extra-Silbergroschen ein. Die Häuser der Schweidnitzer Bürger wurden in den dunklen Wochen durch mildes Kerzenlicht erhellt. Weihnachten nahte.
Die protestantischen Christen der Stadt und ihrer Umgebung rüsteten zur Feier in der neuen Friedenskirche. Tannenzweige, bunte Bänder und glitzernde Kugeln wurden am Altar und

dem Gestühl festgesteckt. Es duftete nach Wald und Weihnacht.
Am Morgen des 24. Dezember erhob sich der alte Gotthold Meiering ächzend von seinem Lager, stieß die Kammertür auf und erschien gerade und aufrecht in der Wohnküche. Die Tochter schrak zusammen, als sähe sie einen Geist.
»Um Gottes Willen, Vatta, du bist krank! Du darfst doch ni aufstehen.«
»Heute darf ich«, erwiderte der Alte, jede Widerrede ausschließend. »Heute ist Heiliger Abend, und ich werd' mit zu unsrer Kirche geh'n.«
»Vatta!« Sie hielt sich die Hand vor den Mund, die Augen in Entsetzen aufgerissen. »Nee, Vatta, ich erlaub's ni.« »Du wirst mir itz a Stickel Brot geben, Wanda«, sagte Gotthold unbeirrt, »und 'ne Suppe, scheen heeß. Und mittags nochmal, daß damit ich bei Kräften bin, wenn's losgeht.«
Er legte sich nicht wieder hin. Das zweite Mal aufstehen würde schwieriger sein. Als die Dämmerung durch die Fensterritzen kroch, half ihm Wanda in die schwarze Winterjoppe, schlang ihm fürsorglich einen dicken Schal um Kopf und Hals und drückte ihm den Stock in die Hand. Auf der anderen Seite stützte sie ihn. Ihr Mann ging voran mit der eisernen Laterne in der Hand, aus der eine Unschlittkerze ihr flackerndes Licht auf den festgestampften Schnee des Weges warf.
Von allen Seiten kamen sie heran, die Bürger

und Bauern von Schweidnitz und seiner Umgebung. Und wer den alten Gotthold Meiering im schwachen Licht erkannte, grüßte erstaunt, als könne er nicht glauben, daß der noch lebte und hier durch die Kälte und Dunkelheit schritt, nachdem man monatelang von seiner Erkrankung und dem nahen Tod gehört hatte. Gotthold Meiering grüßte zurück, ohne den Blick von seinem Ziel zu wenden, das da in der Finsternis vor ihm lag und das zu erreichen der Sinn dieses Heiligen Abends war, vielleicht des letzten, den er unter den Lebenden verbrachte. Er stützte sich auf den Arm seiner Tochter und folgte dem Licht der Laterne, das vor ihm auf dem Weg tanzte. Aufatmend blieb er stehen, als sich vor ihnen das Gotteshaus erhob, der weiße Putz zwischen dem Fachwerk schimmerte und aus der weitgeöffneten Tür der Lichtschein quoll.

»Wie ein gemittliches Haus sieht's aus, unsre Kirche«, brummelte er zufrieden. Aus seinen Augen leuchtete Stolz.

Noch immer strömten die Menschen aus der Dunkelheit herbei. Sie rückten zusammen, sie fanden alle Platz, es waren viele Tausend. Aufmerksam lauschten sie der Weihnachtsgeschichte, die sie alle längst auswendig kannten. Der Pfarrer erinnerte sie an Gottes Liebe und ermahnte seine Gemeinde, diese Liebe auch an andere weiterzugeben. Über die vielköpfige

Menge brausten die Orgelklänge, und in tiefer Andacht sangen sie »Ein feste Burg ist unser Gott.«
Auf seinem Platz nahe einem der mächtigen Pfeiler, die die Empore trugen, saß Gotthold Meiering, zurückgelehnt, die Hände locker im Schoß gefaltet. Auf seinem Gesicht lag ein Lächeln, das nicht mehr zu dieser Welt gehörte. Ein Engel hatte seine Lider berührt, sie hatten sich für immer geschlossen.

Die Glocken von Neukirch

Zwischen Schönau und Goldberg, über dem Flußlauf der Katzbach mit freiem Blick ins Land gelegen, erhob sich Schloß Neukirch, ein stabiles, rechtwinkliges Fachwerkgebäude, Sitz des alten schlesischen Adelsgeschlechts der Freiherren von Zedlitz. Umgeben von einem Wallgraben, bot es den Anblick eines trutzigen Zufluchtortes, der er im Laufe seiner Geschichte auch des öfteren war.
Zu Füßen des Baues, sozusagen in seiner Geborgenheit, lag das Dörfchen Neukirch mit seinen knapp 1200 Einwohnern. Die kleinen Häuser schmiegten sich in das Flußtal, von grünen Wiesen und fruchtbaren Feldern umgeben. Die Dörfler waren Bauern, fleißige, schlesische Bauern, die ihrem Tagewerk mit gelassener Stetigkeit nachgingen und mit ihrem Leben zufrieden waren. Sonntags gingen sie in ihrer sauberen Tracht in die evangelische Kirche, die sie sich, nachdem sie durch den Siebenjährigen Krieg

preußisch geworden waren, im Jahre 1748 erbaut hatten. Die katholische Alte Marienkirche, die auch »Nova Ecclesia« genannt wurde, hatte wenig Zulauf. Zur Zeit der Gegenreformation stand der Pfarrer oft allein in dem Gotteshaus. Neukirch war und blieb evangelisch. Auch später verloren sich in den mächtigen, romanischen Mauern der »Nova Ecclesia«, die die älteste Wehrkirche Schlesiens war, nur hin und wieder kaum fünfzig Leute, Zugereiste oft. So wunderte sich auch niemand, als das vernachlässigte Gebäude 1837 einstürzte. Es klang wie ein Wehklagen, als das Mauerwerk Stück für Stück in sich zusammenfiel. Und wo es hinfiel, blieb es liegen. Keiner rührte die Hand, um die geborstenen Wände wieder aufzubauen und das hohe Dach zu decken. Der Turm aber blieb erhalten, und in ihm die Glocken, die noch immer täglich den Abend einläuteten und sonntags zum Gebet riefen, zum Gebet in der evangelischen Kirche.
Die drei Glocken der Nova Ecclesia waren wunderbar aufeinander abgestimmt, und ganz selbstverständlich gab die größte und älteste, die »Melchior-Hoffmann-Glocke«, den Ton an. Ihr Name stammte von dem schlesischen Glockengießer Melchior Hoffmann, der sie im sechzehnten Jahrhundert gegossen hatte. Als sich Luthers Lehre im Land verbreitete und die Bauern einen Bogen um die Alte Marienkirche

machten, weil sie sich vom katholischen Glauben abgekehrt hatten, bot ihnen der Schloßherr Georg Freiherr von Zedlitz einen Raum im Schloß Neukirch an, in dem sie ihre lutherischen Gottesdienste abhalten konnten. Es sollte noch einmal mehr als zweihundert Jahre dauern, bis sich die Neukircher Bauern ihre eigene evangelische Kirche bauen durften. Dazu mußte erst der preußische Friedrich ins Land kommen und »Jeden nach seiner Fasson« selig werden lassen. Schloß Neukirch wurde zu Beginn des zwanzigsten Jahrhunderts im Tudorstil umgebaut. Die Fenster wurden vergrößert und unterteilt, die strenge englische Gotik verwandelte den trutzig-schlichten Fachwerkbau zu einem Bauwerk von zurückhaltender Eleganz. Das Dorf zu seinen Füßen dehnte sich aus, bekam hier und da ein neues Haus, in das ein Jungbauer einzog und eine Familie gründete.
Im Ersten Weltkrieg wurden diese Jungbauern zu den Waffen gerufen. Einige von ihnen blieben »im Feld«. Die Gemeinde errichtete ihrem Andenken ein Ehrenmal in der Nähe der evangelischen Kirche, und bis zum Ende des Zweiten Weltkrieges fehlte nie ein Strauß frischer Blumen am unscheinbaren Podest.
Als dieser zweite Krieg im September 1939 ausbrach, fuhr es wie ein eisiger Wind durch das Dorf Neukirch. Ergeben ließen die Frauen ihre

Männer in ein Schicksal ziehen, dessen Ausgang ungewiß war. Sie übernahmen zu ihren eigenen Pflichten noch die der Männer, die Feldarbeit und die Viehversorgung, die handwerklichen Notwendigkeiten in Haus und Hof.
Der Krieg fand nicht nur in Polen, Frankreich und Rußland statt. Wie überall in Deutschland veränderte er auch in Schlesien das Leben der Daheimgebliebenen. Mit den Jahren wurde alles knapp, nicht nur die rationierten Lebensmittel. Lumpen und Altmetalle wurden gesammelt, Altpapier und Schrott. Alles wurde wiederverwendet. Not machte erfinderisch, auch an »höherer Stelle«.
Den Bauern ging es immer noch besser als den Städtern. Sie konnten sich hier und da etwas »erwirtschaften«, was den Haushalt aufbesserte.
Auf Schloß Neukirch war in diesen Jahren der Freiherr Heinrich von Zedlitz Herr über Haus und Ländereien. Seine Söhne Sigismund und Christoph besuchten das Gymnasium in Liegnitz und waren bei allen Sammelaktionen des Dritten Reiches ebenso eifrig wie ihre Mitschüler. Noch lieber schüttelten sie die Klapperbüchsen für das Winterhilfswerk, so lange und so unermüdlich, bis sich der Vater ihrer erbarmte und von der Bank zwanzig Reichsmark in Pfennigen holte, genug, um zwei Klapperbüchsen bis zum Rand zu füllen.

Schlesien blieb weitgehend von Fliegerangriffen verschont, die in wenigen Jahren fast alle westdeutschen Städte in Schutt und Asche legten. Es war immer ein reiches Land gewesen. Es behielt seinen Reichtum über die Kriegsjahre hin. Und als das ganze Deutschland unter den Drangsalen der Zeitumstände zu leiden begann, blieb Schlesien eine Oase des Wohlstandes. In Schlesien gab es noch Korn und Vieh, die Häuser standen noch und die Kirchen.
Aber Korn und Vieh wurden mit den Jahren knapper. Schließlich mußte das übrige Deutschland damit versorgt werden, und Einfuhren von anderen Ländern gab es kaum noch. Doch Schlesiens Städte blieben heil, die Dörfer und Felder unversehrt.
In der evangelischen Kirche von Neukirch beteten am Sonntag die Bäuerinnen um das Leben der Soldaten, ihrer Söhne und Männer, um das sie bei aller Last der vermehrten Arbeit unaufhörlich bangten. Pfarrer Wagner verlas nach der Predigt von der Kanzel die Namen derer, die den Heldentod erlitten hatten. Es war eine schwere Aufgabe für ihn. Die meisten hatte er selbst eingesegnet, manche vor gar nicht allzu langer Zeit. Als sein eigener Sohn fiel, sagte er nichts mehr. Er, der die anderen Trauernden stets getröstet hatte, mußte nun allein den Trost in seinem Glauben suchen.

Im Sommer 1944 erschien eine »braune« Abordnung im Pfarrhaus von Neukirch und legte Pfarrer Wagner ein hochamtliches Schreiben auf den Tisch mit dem Inhalt, daß in der kommenden Woche die drei Glocken der Nova Ecclesia entfernt und zum Einschmelzen nach Westdeutschland gebracht würden. Es war eine Mitteilung – die Mitteilung eines Vorhabens, an dem nicht zu rütteln war.
Pfarrer Wagner sah den Mann in der braunen Uniform bestürzt an.
»Alle drei? Genügt denn nicht eine Glocke, die wir aus Vaterlandspflicht zu opfern bereit wären?«
Der Mann zuckte die Schultern.
»Es ist Krieg«, sagte er. »Wir brauchen Munition. Da können wir auf die paar Kirchgänger am Sonntag keine Rücksicht nehmen.«
Wagner gab noch nicht auf. Er kämpfte um seine Glocken.
»Unsere Glocken läuten nicht nur sonntags. Sie läuten jeden Abend. Sie sind harmonisch aufeinander abgestimmt. Die Leute brauchen dieses Geläut. Sie leben damit. Das wollen Sie ihnen nehmen? Herrgott – was haben sie denn sonst noch!«
Sein Gegenüber grinste.
»Sie zitieren den Herrgott aber leicht, Herr Pfarrer. Und wenn die Glocken aufeinander abge-

stimmt sind, nützen Ihnen die beiden übrigen auch nichts mehr, wenn nur eine weggebracht werden soll.«

»Dann lassen Sie mir wenigstens eine hier, die älteste, die Melchior-Hoffmann-Glocke. Sie wurde im sechzehnten Jahrhundert gegossen, mit prächtigen Verzierungen. So etwas kann man doch nicht einschmelzen! Bei aller Vaterlandsliebe – ich kann mir nicht denken, daß die, die das befohlen haben, solche Kulturbanausen sind.«

Das Gesicht des uniformierten Parteigenossen versteinerte. Er klappte leicht die Hacken zusammen.

»Ich sehe keinen Anlaß, mit Ihnen über das Kulturverständnis meiner Vorgesetzten zu diskutieren, Herr Wagner. Meine Befugnis geht nur so weit, Ihnen diese Anordnung zu überbringen. Wenn Sie mir bittte hierauf den Empfang des Schreibens und Ihre Kenntnisnahme bestätigen würden.«

Damit hielt er dem Pfarrer eine offene Mappe entgegen, auf deren inliegendes Blatt er seine Unterschrift zu setzen hatte.

Noch einmal zögerte der Pfarrer.

»Und Weihnachten?« fragte er mit dem Füllhalter in der Hand.

»Wie Sie Weihnachten einläuten, ist Ihre Sache, Pfarrer Wagner.« Ungerührt hielt ihm der Über-

bringer des Befehls »von oben« das Blatt zur Unterschrift hin.
Er unterschrieb wortlos.
Eine Woche später wurden die Glocken von Neukirch abgeholt, alle drei. Pfarrer Wagners Vaterlandsliebe geriet ins Wanken. Als die Melchior-Hoffmann-Glocke auf der Pritsche des LKWs aufsetzte, gab es einen dumpfen, wehen Laut, der ihm ins Herz schnitt.
Die Dorfbewohner vermißten das abendliche Läuten von der Nova Ecclesia. Still und leer stand der Turm vor der Ruine der Kirche, die jetzt erst wirklich tot war.
Die Sommermonate waren voller Arbeit, sodaß niemand eigentlich recht zum Nachdenken kam. Zum Sonntagsgottesdienst fanden sich alle ein, auch ohne durch das Geläut aufgefordert zu sein.
In der Adventszeit sammelte der Pfarrer seine Konfirmanden und die Kleineren vom Kindergottesdienst um sich. Sie besprachen, wie sie das kirchliche Weihnachtsfest gestalten würden. Ein Krippenspiel sollte eingeübt werden, und der Kinderchor würde Weihnachtslieder singen.
»Und zur Christmette werdet ihr alle läuten«, sagte Pfarrer Wagner und lächelte, als er die verdutzten Kindergesichter sah.
»Aber mir hoam doch koane Glocken mehr!«
»Eben. Und weil Weihnachten ohne Geläut kein

richtiges Weihnachten ist, wird jeder von euch ein Glöckchen mitbringen. Wir ziehen in einem Zug durch das ganze Dorf und bimmeln die Leute aus ihren Häusern. Da wird ihnen schon weihnachtlich zumute werden.«

»Und woas fier Glocken sull'n doas sind?«

»Egal, was jeder von euch auftreiben kann. Tischglocken und Kuhglocken – wer gar nichts findet, bindet zwei, drei Löffel aneinander. Hauptsache, es klingelt.«

Mit Begeisterung besorgten sie sich die Glocken und Glöckchen. Mit Begeisterung übten sie ihr Spiel und die Lieder ein. Die Weihnachtszeit warf ihren Glanz in das kleine, schlesische Dorf, mitten im Krieg, mitten in Leid, Angst und Sorge.

Am 24. Dezember 1944, drei Wochen bevor die erste große Fluchtwelle aus Schlesien in Bewegung geriet, zog am Nachmittag um vier Uhr der lange Kinderzug durch Neukirch. Es bimmelte und klingelte die Dorfstraße entlang, von einem Ende zum anderen, bis zum Eingang der Kirche. Die Dörfler gingen den Kindern nach. Vor der Kirchentür standen sie alle und sangen »Ihr Kinderlein kommet«, der einstudierte kleine Chor mit kräftigen Stimmen, die Erwachsenen zögernd, heiser manchmal und tränenerstickt. Die Kirche war voll, obwohl die Männer fast alle fehlten. Viele von ihnen würden nie mehr zurückkommen.

Unbefangen spielten die Kinder ihr Krippenspiel und sangen die Weihnachtslieder. Und dann betete der Pfarrer mit seiner Gemeinde für die Männer im Felde, für einen baldigen Frieden – und für die Rückkehr der Neukircher Glocken. »Laß sie nicht zu todbringenden Waffen werden, gütiger Gott. Erhalte sie uns, wo auch immer sie jetzt sind, und laß sie wieder in friedlichen Zeiten vom Turm der Nova Ecclesia läuten. Amen.«
Einen Teil dieser inständigen Bitte hat Gott erhört. Die Glocken der Nova Ecclesia – der Alten Marienkirche von Neukirch – sind nicht mehr eingeschmolzen worden. Sie hielten dem Wettlauf mit dem Kriegsgeschehen stand. Aber Neukirch hat sie nicht wiedergesehen. Der Turm der Nova Ecclesia steht noch immer verwaist. Die Dörfler sind vertrieben worden und mußten Hab und Gut, Häuser und Vieh zurücklassen. Schlesien ist Polen geworden. Das reiche Land ist nun ein armes Land. Der unselige Krieg ist zu seinem Schicksal geworden. Unrecht wurde gegen Unrecht gesetzt.
Aber die Melchior-Hoffmann-Glocke gibt es noch. Sie ist heute in Lingen an der Ems und ruft andere Menschen zum Gebet. Vielleicht sind ein paar Schlesier darunter, die sich dem Klang verbunden fühlen.
Die zweite Glocke läutet in Krefeld, die dritte mitten in Deutschland, in Lohfelden bei Kassel.

Ob sie wohl jemals wieder zusammenklingen werden, die drei Glocken von Neukirch? Wer weiß.

Henriette von Walden

Im Gutshaus am Rande des Dorfes brannten die Lichter. Sie stahlen sich seitlich durch die von schwarzen Rollos verdunkelten Fenster und warfen schmale Streifen auf den schneebedeckten Rasen.

Die Leute im Dorf nannten das Haus »das Schloß« und waren stolz darauf. Sie liebten ihre »Herrschaft« und fühlten sich ihr jetzt durch gemeinsames Leid noch stärker verbunden. Hier und da war ein Bauer oder ein Sohn im Felde geblieben. Der ältere der beiden Gutssöhne, Dietmar, war in Frankreich gefallen, keine zwanzig Jahre alt. Herr von Walden stand als Reserveoffizier an der Ostfront.

Seit drei Jahren hielt Henriette von Walden die Zügel straff in der Hand und leitete den Fortgang des Gutsbetriebes. Das Gesinde war dezimiert, jeder mußte die doppelte Arbeit leisten. Einige Alte und die Frauen waren geblieben, dazu ein paar polnische Kriegsgefangene. Henriette wußte mit ihnen umzugehen. Sie hatte schon vor dem Kriege polnische Landarbeiter beschäftigt, die wegen des guten Lohnes über die Grenze gekommen waren. Es gab keinen Streit zwischen ihnen und den schlesischen Gutsarbeitern. Sie vertrugen sich miteinander, ohne sich zu verbrüdern. Die Schlesier waren gutmütig, aber sie hatten auch einen gesunden Schuß Selbstbewußtsein.

Henriette von Walden saß in ihrem Schlafzimmer vor dem Toilettentisch und bürstete ihre Haare. Es war der 24. Dezember 1944. Sie hatte ein festliches Kleid angezogen. Sie wußte, daß die Leute das von ihr erwarteten. Auch sie würden sich »fein« gemacht haben, wenn sie zur Bescherung kamen.

Die Frau blickte nachdenklich auf ihre hart und rauh gewordenen Hände. Ohne Zögern hatten diese einst schmalen, gepflegten Hände zugepackt, als Not am Mann war. Sie öffnete ihre Schmuckkassette und steckte sich zwei kostbare Ringe an die Finger. Heute war vielleicht die letzte Gelegenheit, dies zu tun.

Ihr Blick fiel in den Spiegel. Sie versuchte, sich zuzulächeln, wie sie es früher oft getan hatte. Aber das mühsame Lächeln konnte den harten Zug um ihren Mund nicht vertreiben. Sie dachte an ihren Jüngsten, Joachim, von dem sie seit Monaten keine Nachricht hatte. Solange kein

endgültiger Bescheid da war, blieb die Hoffnung, daß er lebte. Vielleicht war die Gefangenschaft noch das Beste. Dann war der Krieg für ihn zu Ende.
Unten in der Halle stand der hohe Tannenbaum, wie jedes Jahr. Sie hatte ihn heute nachmittag zusammen mit den Mädchen geschmückt – wie jedes Jahr. Jetzt würde Richard, der alte Melkermeister, die Kerzen anzünden. Es war schwer gewesen, welche zu bekommen. Aber etwas Butter und ein paar Eier zauberten immer noch alles Mögliche herbei, was eigentlich schon unmöglich geworden war.
Noch immer saß Henriette da und betrachtete ihre Hände, die funkelnden Brillanten daran. Sie konnte sich nur mühsam entschließen, nach unten zu gehen, in die Halle, wo die Leute schon alle auf sie warteten, voller Ungeduld. Heute würde sie zum ersten Mal allein vor ihnen stehen. Im vorigen Jahr war Hermann von Walden noch an ihrer Seite gewesen, in seiner Majorsuniform – auf Weihnachtsurlaub.
»Mutter?«
Henriette fuhr herum. Träumte sie? Die kleine Lampe über dem Toilettentisch warf nur einen begrenzten Lichtkreis in den Raum. Das übrige Zimmer blieb im Schatten. Gegen die weiße Tür hob sich eine dunkle Gestalt ab. Unbeweglich stand sie da. Henriette hatte nicht gehört, wie

sich die Tür geöffnet und wieder geschlossen hatte. Sie hörte nur die Stimme.
»Achim!«
»Pschsch!« Er kam auf Zehenspitzen näher. Als er bei ihr war, fiel er ihr um den Hals.
»Mutter!« Ein unterdrücktes Schluchzen an ihrer Schulter. Ganz fest hielt sie ihren Jungen. Jetzt spürte sie ihn, wußte, daß es keine Erscheinung war, aus ihren Wunschträumen geboren. Sie fuhr ihm durch das strähnige Haar.
»Junge, daß du da bist! Hast du Urlaub bekommen? Ich hatte monatelang keine Nachricht von dir.«
Sie zog ihn in den Lichtkreis der kleinen Lampe, sah, daß er schmutzig und zerkratzt war, daß seine Augen angstvoll und gehetzt blickten.
»Wir müssen sehr leise und sehr vorsichtig sein, Mutter. Ich hab' keinen Urlaub, ich bin...«
Sie nickte ernst. Sie verstand sofort.
»Du mußt hierbleiben, im Schlafzimmer. Leg' dich auf mein Bett und schlaf' ein bißchen. Ich muß hinunter zur Bescherung für die Leute. Nachher komme ich rauf und bringe dir was zu essen. Du kannst mir dann erzählen - später.«
Sie drängte ihn zu dem Bett, spürte, daß er kein Koppel über der Uniformjacke trug. Er war da, ihr Junge! Er war gesund. Alles andere war unwichtig. Alles andere würde man später überlegen.

Sie schloß die Schlafzimmertür leise hinter sich und ging sehr aufrecht die Treppe hinunter.
Im Halbkreis standen die Leute um den Weihnachtsbaum herum und sahen ihr entgegen. Sie hatten warme Joppen und Tücher an, die sie aber wegen der Wärme im Haus geöffnet hatten. Henriette ging auf den Kreis heller Gesichter zu, die zu ihr emporsahen. In der Mitte stand der alte Richard und drehte die Mütze in den Händen. Zögernd tat er einen Schritt vorwärts. Neben ihm hielt Martha, seine Frau, den traditionellen Mohnstriezel auf dem Holzbrett empor.
Die Gutsfrau blieb auf dem letzten Treppenabsatz stehen und wartete. Sie zwang ihre Gedanken auf den Augenblick. In angestrengter Beherrschung und Konzentration lauschte sie der Stimme des alten Mannes.
»Nu – da winschen mir dea gnä' Frau a schiens Weihnoachten. Un daß dea Moa (Mann) bale wieda daheeme kimmt, doasses no schiener wird. Un – uff uns kenna Sie sich verloassa, gnä' Frau. 's wird oo amoal besser kimm', wenn erscht dea Krieg zu Ende is un oo dea junge Herr zurikke kimmt. 's wird ni mehr asu loange dauern, denk' ich. A frehliches Fescht winschen mir, gnä' Frau – trutz alldäm.«
Henriette starrte ihn an. Warum erwähnte er Achim? Wußte er etwas? Wie war Achim über-

haupt in ihr Schlafzimmer gekommen? Hatte ihn jemand gesehen?
Richard räusperte sich verlegen. Henriette stieg die letzten Stufen hinunter und gab ihm die Hand.
»Ich danke Ihnen für Ihre Worte, Richard. Vielen Dank euch allen für eure unermüdliche Hilfe. Ich wünsche euch auch ein schönes Weihnachtsfest.«
Der Mohnstrietzel wurde auf einem Tischchen abgestellt. Zwei junge Mädchen brachten ihr einen großen Korb voller Geschenke, und sie ging von einem zum anderen und verteilte die Gaben, die so bescheiden geworden waren: etliche Weckgläser eingemachtes Obst, eine Tüte Nüsse von den beiden Walnußbäumen hinter dem Haus, ein paar Flaschen Wein aus dem klein gewordenen Vorrat im Keller. Dann setzte sie sich an den Flügel und spielte, wie sie es Jahr für Jahr getan hatte, »O du fröhliche ...«. Gehorsam sangen die Bauern mit, wie sie es gewohnt waren. Aber es hatte schon fröhlicher geklungen. Der Christenheit in Schlesien schien das Freuen mühsam geworden zu sein. Nach dem letzten Ton knicksten sie und verbeugten sich und drängten zur Tür hinaus, die Tücher erneut über Kopf und Brust zusammengeschlagen. Richard blieb stehen, drehte sich um und zeigte auf die Baumkerzen.

»Sull ich gleich - oder erschte wenn's Noacht is?«
Henriette lächelte zerstreut.
»Gehen Sie nur, Richard, vielen Dank. Ich werd' mir schon zu helfen wissen. Ich habe ja den Kerzenauspuster, sehen Sie.« Sie zeigte ihm das teleskopartig ausziehbare Röhrchen. Der Mann nickte, hob die Hand grüßend an den Mützenschirm. »Nu, do wär'n ma äben - guate Noacht.« Einen Augenblick hielt er noch inne, blickte um sich. Ihm schienen, als er seine Herrin so allein unter dem Tannenbaum stehen sah, die Voraussetzungen für ein schönes Weihnachtsfest nicht gegeben. An der Haustür stand Martha, seine Frau, und wartete geduldig. Er ging mit ihr hinaus in die kalte Nacht und schloß die Tür hinter ihr und sich.
Aus der Küche drang noch Tellerklappern und leises Geraune. Die Küche war über den Gang hinter der Halle zu erreichen. Die Tür stand offen, als Henriette darauf zuging. Plötzlich stand Emma in dem Türrahmen, die langjährige Köchin des Hauses, die einmal fast doppelt soviel Körperfülle aufzuweisen gehabt hatte als jetzt, in der sechsten Kriegsweihnacht. Sie hatte in den letzten Jahren auch noch andere Pflichten im Hause übernommen. Die Küche war kein befriedigendes Betätigungsfeld mehr gewesen.
»Kann ich nu das Essen servier'n, gnä' Frau?«

»Was gibt's denn, Emma?«
»'n Karpfen hat's ni gegäm diesmoal, der Richard hat uns 'ne kleene Henne geschloacht. Und ich hoab' Rotkraut dazu gekocht.« Henriette lächelte. Huhn mit Rotkohl – warum nicht? Der Krieg machte erfinderisch. Kartoffeln gab es noch genug, sie konnte nicht klagen.
Emma wandte sich zur Küche zurück. In der Tür drehte sie sich noch einmal um.
»Und dohinger gibt's oan ächten Sträselkucha, mit oam Nippel Koffee. Derf ich's nu servier'n?«
Henriette zögerte. »Ich bin sehr müde, Emma. Und das Essen in dem großen Eßzimmer – so allein – ich hab' gar keine Lust dazu. Können Sie es mir nicht einfach auf ein Tablett tun, und ich nehme es mit hinauf auf mein Schlafzimmer?«
Emma starrte sie an. Dieser Krieg! Die Welt schien in ihren Augen wirklich aus den Fugen zu geraten.
»Gnä' Frau wolln wirklich im Schlafzimmer essen? Wo bloß so'n kleener Tisch is?«
»Wirklich, Emma. Es ist auch viel wärmer da oben.«
Emma nickte, dann schüttelte sie den Kopf. »Nee aber ooch!« Sie ging in die Küche, hantierte lautstark und gab dem einzigen verbliebenen Hausmädchen mit herrischer Stimme Anweisungen.
Henriette ging zurück in die Halle. Sie war ungeduldig. Joachim wartete dort oben. Er war hung-

rig und durstig, und er mußte ihr so viel erzählen. Rasch wandte sie sich noch einmal zurück und griff sich vom Schlüsselbrett den Schlüssel zum Weinkeller. »Ich hole mir eine Flasche«, rief sie in die Küche, »zur Feier des Tages.«
Was sie wirklich feiern wollte, wußte niemand. Wie gut, daß es niemand wußte! Sie kam mit der Flasche zurück, stellte sie auf eine der unteren Treppenstufen und begann mit dem Pusterohr die Kerzen an der großen Tanne auszupusten. Was hatten sie für schöne Weihnachtsfeste gehabt in dieser Halle! Wie oft hatten Verwandte und Freunde mit ihnen gefeiert. Rundum waren Tische aufgebaut, und die beiden Jungen verstreuten das neue Spielzeug unter dem Baum. Sie hatte am Flügel gesessen und Weihnachtslieder gespielt, »Stille Nacht« und »Ihr Kinderlein kommet«. Ob dies die letzte Kriegsweihnacht war? Es gingen so viele Gerüchte um. Die Ostfront drohte zusammenzubrechen, der Russe rückte bedenklich nahe. Wenn sie nur Nachricht von Hermann hätte! Wenn sie ihm sagen könnte, daß Achim ...
»So, gnä' Frau, hier isses, und is noch scheen heeß. Ich trag's nuff.«
Hastig ergriff Henriette die Weinflasche und lief neben der Köchin die Treppe hinauf. Oben öffnete sie die Schlafzimmertür nur einen Spalt und nahm ihr das Tablett ab.

»Ist schon gut, Emma – danke. Und schlafen Sie gut.«
»Soll ich ni doas Licht oanmoachen?«
»Danke – die kleine Lampe brennt ja.«
»Gute Noacht, gnä' Frau.«
Rasch schob sich Henriette ins Zimmer und drücke die Tür mit dem Fuß hinter sich zu. Dann stand sie mit dem Tablett in der Hand und sah auf ihren Sohn, der in tiefem Erschöpfungsschlaf auf dem Bett lag. Sie stellte das Essen auf den kleinen Tisch vor dem Fenster, drehte den Korkenzieher in die Flaschenöffnung. Als sie den Korken mit einem kleinen Knall herauszog, fuhr Joachim hoch.
»Was ist?« Senkrecht saß er auf dem Bett, die Augen weit aufgerissen.
Henriette stellte die Flasche hin und war mit zwei Schritten bei ihm.
»Ich habe dich erschreckt – du Armer!«
Joachim schloß die Augen und ließ sich wieder in die Kissen fallen.
»Ich bin ja zu Hause«, murmelte er mit einem Seufzer.
»Möchtest du jetzt etwas essen?«
Er nickte, setzte sich wieder im Bett aufrecht und nahm den Teller auf die Knie. Mit kaum verhaltener Gier schlang er Bissen um Bissen hinunter. Die Mutter sah ihm bestürzt zu.
»Wann hast du denn zuletzt gegessen?«

»Weiß nicht – vor zwei Tagen vielleicht.«
Henriette stand auf und holte Wein. Ihr Herz schlug wild. Sie wußte noch so vieles nicht. Sie wußte nur, daß er endlich wieder da war. Zu Hause. Was mochte Joachim alles durchgestanden haben, ihr kleiner Junge, der ja noch gar kein Mann war.
»Du wirst jetzt hierbleiben, nicht wahr?« Sie reichte ihm das Glas.
Joachim nickte und trank. Dann legte er sich wieder zurück und schloß die Augen.
»Ich habe keinen Urlaub, Mutter. Ich bin desertiert.«
»Ich weiß.«
Plötzlich warf sich der große Junge herum und begann zu weinen. Henriette strich über seinen Rücken, unaufhörlich, wie sie es schon zu seiner Kindheit getan hatte. Solange, bis er ruhig wurde.
»Es war so furchtbar«, stieß er hervor. »So verrückte Befehle, auch als alles schon aussichtslos war. Um mich rum sind alle gefallen, verstümmelt und zerfetzt. So ein Irrsinn – die wollten doch alle noch leben! Ich konnte den Sinn nicht mehr erkennen, Mutter. Und ich habe an Dietmar gedacht. Als Dietmar fiel, dachte man noch an etwas Heroisches: Sein Leben für das Vaterland! Das ist ja alles Quatsch, das zählt ja nicht. Das Leben zählt doch! Nicht wahr, Mutter?«

»So etwas brauchst du eine Mutter nicht zu fragen, Achim.«
»Weißt du, was auf Fahnenflucht steht?«
»Natürlich weiß ich das.«
»Und was soll jetzt werden?«
»Was jetzt werden soll? Du bleibst hier. Ich werde dich verstecken. Und deine Uniform werde ich verbrennen, im alten Meiler in Buchholz.«
»Wie lange werden wir das durchhalten, Mutter?«
»Bis der Krieg zu Ende ist. Oder – ich werde nicht warten, bis die Russen hier sind. Schlaf' dich jetzt aus. Hier kannst du bleiben. Ich halte mein Schlafzimmer schon lange selbst in Ordnung.« Sie küßte ihn. »Daß du da bist, Junge! Das ist mein schönstes Weihnachtsgeschenk.«
Am ersten Weihnachtstag war alles ganz anders. Henriette, die kaum geschlafen hatte, weil sie so vieles zu bedenken hatte, brachte das Frühstückstablett ins Schlafzimmer. Joachim stand am Fenster, nach außen von der Gardine verdeckt.
»Ich gehe wieder zurück, Mutter.«
Es klang gepreßt, gegen die Scheibe gesprochen.
Henriette rührte sich nicht. Sekundenlang stockte ihr Atem. Dann holte sie tief Luft, setzte das Tablett ab und stützte sich mit beiden Händen auf die Tischplatte.

»Was hat dich zu diesem Sinneswandel bewogen?« Mit Anstrengung bemühte sie sich um eine feste Stimme.
Joachim drehte sich um.
»Ich hab' an meine Kameraden gedacht, die noch dort im Dreck stecken. Und ich bin einfach abgehauen! Dann – dann hab' ich auch an meine Vorfahren gedacht. Ein Walden reißt nicht einfach aus, wenn's brenzlich wird. Man hat Verantwortung, nicht?« Henriette bot alle Kraft auf, ihren inneren Aufruhr zu verbergen. Es durfte nicht sein, daß ihr der Junge wieder genommen würde! Denn diesmal würde er ihr endgültig genommen werden. Sie mußte ihn überreden, überzeugen, ohne sein Ehrgefühl zu verletzen. Sie mußte ihn daran erinnern, daß er gesagt hatte: »Das Leben zählt doch!« Äußerlich blieb sie ganz ruhig.
»Achim, du hast noch ein ganzes Leben vor dir, das du mit Nützlicherem verbringen kannst, als andere junge Menschen zu töten oder selbst getötet zu werden. Ich denke, wir haben mit Dietmars Tod unseren Tribut gezahlt an diesen sinnlosen Krieg. Du hilfst niemandem, wenn du wieder zurückgehst, am wenigsten dir selbst.«
Joachim schritt auf sie zu. Er stand ganz dicht vor ihr.
»Und was geschieht, wenn ich entdeckt werde? Ich werde auf dem Dorfplatz gehenkt. Vater wird

sich vor Scham eine Kugel durch den Kopf jagen, wenn er zurückkommt.«
»Du wirst nicht entdeckt werden, Achim, du wirst nicht! Ich werde hier wie da deinen Tod zu verhindern wissen. Du mußt Vertrauen haben, Junge.«
Sie strich ihm über das Haar, über die Wangen. Er brauchte jetzt diese Berührung, das wußte sie.
»Denkst du auch mal an mich – was es für mich bedeutet?« Ihre Stimme schwankte nun doch etwas.
Joachim drehte sich wieder zum Fenster, preßte beide Hände dagegen ...
»Iß jetzt etwas«, sagte Henriette. »Du kannst lesen. Ich hab' dir ein Buch mitgebracht – von Paul Keller, über Schlesien.«
Rasch ging sie hinaus und schloß die Tür leise hinter sich. Sie ging nicht die Treppe hinunter. Sie lehnte sich an die Tür und betete.
»Lieber Gott, nimm mir meinen Jungen nicht wieder. Er muß hier bleiben, um zu überleben. Laß diesen schrecklichen Krieg zu Ende gehen.«
Als sie schließlich die Treppe hinunterging, hatte sie sich durch dieses Gebet befreit. Es half ihr, ihren Alltag zu bewältigen.
Eine ganze Woche brauchte Henriette, um in langen Gesprächen ihren Sohn zum Bleiben zu überreden. Gegen Jahresende kam sie mit der

Botschaft ins Schlafzimmer, daß sein ganzes Regiment aufgerieben worden war.

»Ich habe es eben im Radio gehört. Dein Regiment war in einen Kessel eingeschlossen. Sie haben gekämpft bis zum letzten Mann - getreu ihrem Fahneneid. Keiner kam mehr heraus. Und du wärst auch nicht mehr da hineingekommen. Verstehst du das?«

Joachim nickte.

»Ich verstehe alles, Mutter. Ich verstehe, daß keiner meiner Kameraden heimkehren wird. Jetzt nicht - vielleicht nie mehr.«

Henriette faßte erregt seine Hände.

»Aber du bist hier! Du bleibst am Leben! Du mußt dich von deinem Schuldgefühl lösen! Es ist doch eine wunderbare Fügung, daß du hier bist. Sieh es als dein Schicksal an, Achim.« Joachim wandte sich ab. Mehrmals fuhr er sich mit der gespreizten Hand durchs Haar, ungeduldig und ratlos. In diesem Moment wußte Henriette, daß sie allein zu entscheiden hatte.

»Ich werde morgen den Leuten Bescheid geben, daß wir das Gut verlassen. Wir werden einen Treck bilden.«

Joachim fuhr herum.

»Du willst das Gut aufgeben?«

»Ich werde es müssen, mein Sohn. Bevor es mir genommen wird, gebe ich es her. Dein Vater würde genauso entscheiden. Und du wirst mit uns kommen. Irgendwo in Deutschland wird es noch einen Platz geben, an dem wir in Sicherheit sind. Wir alle – du auch.«

Am Neujahrstag war es üblich, sich noch einmal im Gutshaus zu versammeln und der Herrschaft für das kommende Jahr Glück zu wünschen. Henriette von Walden stand wieder auf dem letzten Treppenabsatz vor den Bauern und Angestellten und erklärte:

»In drei Tagen werden wir das Gut verlassen. Wir werden sechs Wagen beladen und die letzten Pferde und Ochsen anspannen. Die Front steht schon vor Namslau und Groß-Wartenburg. Es ist sinnlos, den Helden zu spielen und sich von ihr überrollen zu lassen. Wer mitkommen will, soll es sich überlegen und sich morgen bei mir melden. Geht jetzt heim und besprecht das miteinander. Ich wünsche euch und uns allen eine gute Fahrt in die Sicherheit und Geborgenheit.«

Bedrückt schoben sich die Leute durch die hohe Gutstür nach draußen. Sie waren plötzlich vor eine Entscheidung gestellt, sie, die gewohnt waren, andere für sich entscheiden zu lassen.

Schon am Abend kam Richard und brachte eine Liste. In ungelenkem Sütterlin waren die aufgezeichnet, die sich an dem Treck beteiligen wollten. Die übrigen Dorfbewohner wollten bleiben. Sie brachten es nicht fertig, sich vom schlesi-

schen Boden zu trennen. Tränenreiche Abschiede standen bevor.
Nach drei Tagen strömten alle auf dem Gutshof zusammen. Aus der Richtung Oels kam ununterbrochener Kanonendonner. Die Gutsherrin trieb zur Eile an. Ein paar Polen, die der Konfrontation mit den Russen aus dem Wege gehen wollten, hatte sie gestattet, sich dem Zug anzuschließen. Unter ihnen war ein schlanker junger Mann mit einem Bart, der das halbe Gesicht verdeckte. Seine blonden Haare verschwanden fast ganz unter einem Schal, den er sich um den Kopf geschlungen hatte, der bitteren Kälte wegen.
»Hätt'st dich ruhig vor der Reise waschen können, Pollack«, schimpfte Henriette laut und allen verständlich.
Sie fuhren südlich an Breslau vorbei, durch Liegnitz und Bunzlau. Männer und junge Frauen liefen neben dem Wagen, Kinder und Alte durften aufsitzen. Auch die beiden Schwangeren, um die sich Henriette persönlich bemühte.
»Geht's denn noch? Sie sagen mir, wenn wir eine Pause machen sollen, ja? Haben Sie genug Dekken?«
»Danke, Gnä' Frau sein asu gutt. 's kimmt no ni, 's Kleene, 's woart, bis mir im Sichern sein.«
Mitte Januar fuhren sie in Görlitz über die Neißebrücke. Im Februar waren sie in Schleswig-Holstein, dessen Güter vollgestopft mit Flücht-

lingen waren. Aber sie kamen alle unter. Die Babys waren unterwegs zur Welt gekommen, eins in Magdeburg und eins bei Lüneburg. Die Flüchtlingszahl war die gleiche geblieben. Zwei Alte hatten sie auf der Flucht begraben müssen. Der schweigsame junge Pole, der sich stets abseits hielt, ging nach dem Waffenstillstand auf das Einwohnermeldeamt in Schleswig und bat um neue Papiere, da ihm seine alten abhandengekommen waren. Sein Name war Joachim von Walden, die Zeugin seine Mutter, Henriette von Walden.

Der Strietzelbäcker von Landeshut

Mitten in den barocken Laubenhäusern am Ring hatte der Bäcker Brietzel seinen Laden, ein liebevoll gepflegtes, pieksauberes Geschäft mit weißen Regalen, auf denen die duftenden Brote lagen, und schräggestellten Glasscheiben über den Kuchen und Torten.
Meister Brietzel kam selten nach vorn. Meist hielt er sich hinten in der Backstube auf und feuerte dort höchstselbst sowohl den Backofen als auch die beiden Lehrlinge an. Dabei war er fröhlich und gutmütig. Es ließ sich angenehm bei ihm lernen und arbeiten.
Hinter dem Ladentisch stand Frau Brietzel und tütete die Semmeln ein, schichtete Kuchenstükke auf weiße Papptabletts und wickelte die noch warmen Brote in Seidenpapier. Die Pfennige und die Markstücke rollten munter in die klingende Kasse. Die Landeshuter kauften gern beim Bäkker in den Lauben.
Die kleine Stadt im östlichen Riesengebirge, die

nicht mehr als 15000 Einwohner zählte, war eine fleißige Stadt. In ihren Webereien wurden Leinen und Schleierstoffe hergestellt, in den Spinnereien das dazu nötige Flachsgarn und die Seide. Die jungen Leute gingen in die Webschule, bevor die Fabriken sie aufnahmen. Fleißige Leute sind meist fromme Leute. Sonntags traf sich das halbe Städtchen in der Gnadenkirche, die seit zweihundert Jahren unweit vom Neuen Rathaus stand und mehreren tausend Menschen Platz bot. Na ja, ganz das halbe Städtchen war es wohl doch nicht. Viele Bankreihen blieben leer, und der etwas klägliche Gesang hallte in dem riesigen, hohen Raum wider. Aber an Ostern und Weihnachten war die Kirche voll, da gab es nicht einmal mehr einen Stehplatz in den Gängen. Da scholl auch der Chor der vielen Stimmen gewaltig gegen das Kirchendach, als ob er die Fenster sprengen und nach draußen ziehen wollte, in den blauen Oster- oder den weißgrauen Weihnachtshimmel. Und der Pfarrer drohte von der Kanzel:

»Werdet mir nur nicht solche O-We-Christen, die nur »O'stern und »We'ihnachten in die Kirche kommen!«

Spätestens Ende Oktober begann es zu schneien. Die Häuser verkrochen sich unter ihren dicken Schneehauben und schienen näher zusammenzurücken. Der Rauch stieg steil aus den Schorn-

steinen. In den Stuben war es warm und gemütlich. Auf der Straße tollten die Kinder, schlitterten und warfen Schneebälle und wichen nur aus, wenn lustiges Gebimmel einen Pferdeschlitten oder -wagen ankündigte. Hin und wieder tuckerte auch eines dieser neuen Automobile über den festgestampften Schnee, hinterließ eine Benzinwolke und wurde ehrfurchtsvoll bestaunt.
Beim Bäcker in den Lauben glühte der Ofen, und die Gesichter der Lehrlinge waren rot vor Eifer. Hunderte von Pfefferkuchenmännern mußten bis zum ersten Advent fertig sein, und der war diesmal besonders früh, schon Ende November. Das Rezept war in der Bäckersfamilie durch Generationen weitergereicht worden: Honig, Mandeln, Eier, Mehl und Hirschhornsalz in einer ganz bestimmten Menge zusammengestellt, die nicht verraten wurde. Das Ergebnis war eine herrliche Leckerei, noch dadurch unwiderstehlich gemacht, daß der Teig zu handtellergroßen Männlein geformt wurde, die mit Mandeln und Rosinen unterschiedlich verziert wurden, so daß jedes anders aussah. Manche bekamen kleine Ruten in den Arm gepreßt, andere goldene Sternchen auf das Wams gedrückt, wieder andere schwangen eine kleine Glocke aus goldfarbener Pappe. Bäcker Brietzels Pfefferkuchenmänner waren kleine Kunstwerke und erfreuten sich größter Beliebtheit. Sie gingen in der Weih-

nachtszeit ebenso weg wie seine warmen Semmeln. Die Nachfrage wurde immer größer. Schließlich verdrängten sie auf den Kuchenborden nicht nur den Streuselkuchen, sondern am Ende auch die Weihnachtsstrietzel, die vorher eine Spezialität des Meisters gewesen waren.

In der Backstube waren die Tische voll mit Teigmännlein. Die Lehrjungen legten Mandeln und Rosinen darauf, und auf die fertiggebackenen klebte der Meister höchstpersönlich mit Eiweiß die Sterne, Ruten und Glocken.

Vormittags kauften die Frauen ein. Mittags nach Schulschluß standen die Kinder im Laden und reichten ihre Pfennige über den Tresen, zusammengesparte Sechser und Groschen, für »oan Pfäffamännla«. Sie waren noch nicht bis zur Tür, da bissen die Trabanten schon in die knusprigen Arme und Beine der eben erworbenen Leckerei. Manche aber trugen ihr »Männla« vorsichtig in der Tüte hinaus, und die Meisterin sah durch das Schaufenster, wie sie es bedächtig herauszogen und voll Bewunderung betrachteten.

Am Heiligen Abend mittags um zwölf schickte der Meister Brietzel seine beiden Lehrjungen heim.

»Nu moacht ocke, doas ihr heemkimmt, ihr zwee. Ihr hoabt genug Päffamännla gemoacht. Se kumm eens joa schunt aus de Ohren raus. Nu säht ock zu, doas ihr 'n scheenes Fest hoabt.«

Er drückte jedem noch einen Pfefferkuchenmann in die Hand, steckte einen Taler dazu und schob sie aus der Tür. Dann nahm er das letzte Blech mit den fertigen Männlein und trug es in den Laden.
»Dies sein de lätzen«, brummte er und stellte das Blech auf die helle Marmorplatte. »Iech koann se nimme sähn!« Frau Brietzel drehte sich rasch nach ihm um und zischelte: »Läg dich awing nieda, Meesta, des de mia ei der Kerche ni eischloofst.«
Und zur nächsten Kundin gewandt, verkündete sie fröhlich: »Sähn Se, Frau Schmitten, nu hoan Se ni umsunst gewart't. A goanzes Bleche vull Pfäffamännla, goanz frisch aus'm Ofen. Wie ville sulln's denn sind?«
Meister Brietzel schloß hinter sich die Ladentür, die zum Flur des Hauses führte, und stapfte müde die Stiege hinauf. Im Gehen band er sich die mehlstaubige Schürze ab, zog die weiße Mütze vom Kopf und strich sich über das Haar, das auch ohne Mehl schon weiß war.
»Iech meeg's nimme«, murmelte er noch einmal, öffnete die Tür zur Schlafkammer, stellte seine Schuhe sorgfältig vor den Stuhl und ließ sich auf das Bett fallen. Seit drei Uhr früh war er auf den Beinen. Jetzt überfiel ihn ein schwerer Schlaf. Sein Kopf schien hintenüber zu hängen, er bohrte sich tief ins Kissen. Dazu ertönte mit einem

Mal das Geräusch vieler im Gleichschritt marschierender Füße, wie er es aus längst vergangener Militärzeit in Erinnerung hatte. Es kam näher und näher, es marschierte über ihn hinweg. Er versuchte, die Augen zu öffnen. Sie schmerzten und blieben zu wie festgeklebt. Aber seine Nase verriet ihm, wer da im Paradeschritt über seinen Kopf und Leib schritt: Die Pfefferkuchenmänner waren es, ganze Legionen von Pfefferkuchenmännern. Sie schienen kein Ende zu nehmen.
Unruhig wälzte sich der Bäcker von einer Seite auf die andere – es half nichts. Die Schritte dröhnten in seinen Ohren. Die Männlein kletterten über ihn hinweg, so viel er sich auch drehte und wendete. Sie schienen geradewegs aus dem Backofen zu kommen. Sie strömten eine Hitze aus, die sich auch auf ihn übertrug. Verzweifelt versuchte er, den Überfall abzuwehren. Aber seine Arme waren schwer wie Blei. Er konnte sie nicht heben.
Schweißgebadet fuhr er in die Höhe, als die Tür geöffnet wurde und ein Lichtschein von draußen in die Kammer fiel. »Freehliche Weihnoachten, Gustav«, hörte er die Stimme seines Eheweibes und sah sie in all ihrer freundlichen Fülle im Türrahmen stehen.
»Nu sieh ocke, doas de dich wäscht und oaziehst. 'n Happen essen mußte oo noch, suste fällste mia aus de Kerchenbank.«

»Oalles – bluß keene Pfäffamännla!«
Ächzend kroch er unter der Decke hervor.
»Nee«, lachte die Meisterin. »Von denen kriegste nischte mie. Die sein oalle weg, bis uff de lätzen Kriemel. Und de Strietzel, Gustav, di sein oo weg. De Frau'n, gejommert hoam se, des de zu wing von de Strietzel geboacken hoast. Äwig bluß doane Pfäffamännla! Scheen war's bluß fer de Kinner. Moagenschmerzen hoam se alleweil gehoabt von dän villen Dingern, asu gutt hoan se geschmeckt.«
Als die Brietzels hinaustraten in den Laubengang, sah die Stadt friedlich und festlich aus. Hier und da warfen erleuchtete Fenster ihr Licht auf den Schnee, der gegen mittag wieder frisch gefallen war und noch fast unberührt aussah. Aus allen Häusern rüsteten sich die Menschen zum Kirchgang, freundlich einander grüßend. »A scheenes Fest« und »Freehliche Weihnoachten« ging es hin und her.
Die Kirche war voll. Die Bäckersleute drängten sich in eine der hintersten Bankreihen, in der die Leute gefällig zusammenrückten.
»Doo hoam wir se wida, die ›O-We-Christen‹«, schmunzelte Brietzel. Er fühlte sich nun wieder wohler nach einer gründlichen Wäsche und einem deftigen Mahl. Das Glas Rotwein, das ihm die Hausfrau kredenzt hatte, um der Festlichkeit des Tages Nachdruck zu verleihen, hüllte ihn

jetzt in eine wohlige Müdigkeit. Er sang die Litanei brav mit, auch noch das erste Weihnachtslied. Aber bei der Predigt von der Kanzel, die heute mild und gütig auf die Gemeinde rieselte, fielen ihm die Augen zu. Er wehrte sich nicht dagegen. Die Hände hatte er sowieso gefaltet, und so ergab es sich, daß er mit seinem letzten wachen Gedanken betete:

»Lieba Gott, 's wär mei greeßtes Glicke, wenn De miech befreien tätst von dena Pfäffamännla. Iech weeß ni, wie. Moach Du's.«

Dann hüllte ihn ein sanfter Traum ein:

Alle Kinder kamen aus der Schule und tanzten vor seinem Laden auf der Straße. Sie schwenkten die Pfefferkuchenmänner und sangen:

Bäckermeesta Brietzel
bäckt uns wieda Strietzel!

Im Traum fragte er verwundert:

»Meegt ihr die denn oo asu gerne?«

»Joa!« brüllten die Kinder. Und plötzlich sangen sie »O du freehliche ...«

Brietzel riß die Augen auf uns sah sich um. Nicht nur die Kinder seines Traumes, die ganze Gemeinde sang »O du fröhliche ...« Er schämte sich, daß er in der Kirche geschlafen hatte. Rasch fiel er in den Gesang ein. Sein kräftiger Baß übertönte die Stimmen der Umsitzenden. Auf dem Heimweg nahm er seine Frau am Arm.

»Scheen war's in der Kerche«, sagte er.

»Geschloofen hoaste«, kam es vorwurfsvoll.
Brietzel schmunzelte.
»Iech hoat oan Geräde mit am lieben Gott. Gehulfen hoat a mia aus meene Not. Und nu weeß iech ooch, wie iech's neechstes Weihnoachten moachen tue ei der Backstube. Die Hälfte Pfäffamännla giebt's und de oannere Hälfte Strietzel, Rosinka- und Mohnstrietzel, nischt oanneres. Und doamit basta.«

Tante Anna erzählt

Wenn Tante Anna zu den Kindern kam, wußte die Mutter, daß sie einen freien Nachmittag hatte.

Mit einem freundlichen Kopfnicken verschwand das ältliche Fräulein im Kinderzimmer, versammelte das Kleeblatt um den großen Tisch und kramte aus ihrer Tasche eine Handarbeit und die Nickelbrille, die sie auf die Nase setzte und mit den elastischen Bügeln sorgfältig hinter den Ohren festmachte. Trotz der hellen Deckenlampe, die den Kindern genügend Licht für ihre Weihnachtsarbeiten gab, brannte mitten auf dem Tisch eine Kerze, um Adventsstimmung zu zaubern. So richtig vorweihnachtlich und geheimnisvoll aber wurde es erst, wenn Tante Anna erzählte. Dann ruhten oft die fleißigen kleinen Hände, und große Kinderaugen hingen an ihren Lippen. Es störte auch nicht den Fluß der Erzählung, wenn zwischendurch mal eine Frage beantwortet oder der Fortgang der Hand-

arbeiten durch einen Rat oder eine Hilfe gesichert wurde.
»In Seidenberg in Schlesien«, begann Tante Anna diesmal und sah fragend in die Runde, » – ihr kennt doch Seidenberg?«
Die Kinder nickten, nur Kati sagte: »Iss niss.«
Aber sie war noch zu klein, um es zu wissen. Die Großen hatten schon oft von Tante Annas schlesischer Heimat gehört.
»In Seidenberg also lebte ein reicher Fabrikant mit seiner Familie. Er hatte eines der ersten eleganten Autos und einen Chauffeur. Der reiche Mann wohnte in einem großen, weißen Haus, der Chauffeur dicht dabei in einem kleinen, grauen Häuschen. Beide waren zufrieden, und ihre Familien waren es auch. Jede Familie hatte eine Tochter. Die des Fabrikbesitzers hieß Margot, die des Chauffeurs Anna. Daß die kleine Anna noch drei Brüder hatte, unterschied die beiden Mädchen voneinander. Margot war ein Einzelkind. Es gab noch manchen anderen Unterschied: die häusliche Umgebung, die Art der Erziehung. Margot wurde von ihren Eltern verwöhnt und von einem Kindermädchen betreut. Anna mußte sich frühzeitig um sich selbst kümmern und der Mutter schon mit allerlei kleinen Handreichungen Hilfe leisten.
Dies war alles kein Hindernis für eine rührende Kinderfreundschaft. Morgens fuhr Annas Vater

die kleinen Mädchen mit dem Auto in die Schule in der nahen Kreisstadt, mittags holte er sie wieder ab. Die Schularbeiten machten sie gemeinsam unter der Aufsicht des Kindermädchens, und dann spielten sie den Rest des Nachmittags mit ihren Puppen. Margots großes, helles Kinderzimmer beherbergte ein halbes Dutzend elegant gekleideter Puppen, dazu Puppenwagen, Puppenmöbel, Puppenbetten und Puppengeschirr. Anna steuerte zu der ganzen Pracht nur eine kleine, abgegriffene Stoffpuppe mit Porzellankopf bei, die Lenchen hieß. Es war gar keine Frage, daß Lenchen in dem Kreis der feinen Puppen völlig ebenbürtig aufgenommen wurde.« »Was is ›ebenbürtis‹?« wollte Kati wissen.

Tante Anna zögerte einen Moment, rückte die Brille zurecht und sah in die Runde der gespannten Kindergesichter.

»Gleichwertig«, sagte sie und atmete erleichtert auf, daß ihr das Wort eingefallen war. »Das heißt, die Kinder beachteten den äußeren Unterschied gar nicht. Lenchen war eben das Geschwisterkind der anderen Puppen, wurde genauso gefüttert und spazierengefahren wie alle anderen und kam ebenso in das schöne, weiche Bett. Allerdings wurde sie, wenn mal ›Gesellschaft‹ gespielt wurde, zwangsläufig zum Dienstmädchen degradiert, das die anderen bedienen mußte.

Aber dabei fanden die Puppenmütter nichts Ehrenrühriges.« »Was is ›degradiert?‹« fragte Kati hartnäckig.

Tante Anna überlegte.

»Das heißt so viel wie ›herabgesetzt‹. Lenchen bedeutete dann nicht so viel wie die anderen, die sie bedienen mußte.«

»Sind denn Lotte und Lisa auch herabgesetzt, weil sie die Mutti und uns bedienen müssen?« fragte die zehnjährige Marianne.

Tante Annas Hände fuhren in den großen Lederbeutel, der an ihrer Stuhllehne hing, zogen ein weißes Taschentuch heraus und begannen sorgfältig ihre Brillengläser zu putzen. Dabei überlegte sie. Die Antwort, die sie jetzt zu geben hatte, mußte sorgfältig durchdacht sein.

»Es gibt überall auf der Welt arme und reiche Leute. Jeder hat einen Platz im Leben und jeder muß für dieses Leben etwas tun. Die Arbeit der einfachen Leute ist meist körperlich, also mit den Händen, und sie wird geringer bezahlt. Die Menschen, die geistig arbeiten, bekommen sehr viel mehr Geld dafür und sind dann reicher.«

»Warum?« Marianne hatte ihr Stickarbeit längst sinken lassen und blickte Tante Anna herausfordernd an.

»Weil sie das Ganze überblicken und Verantwortung tragen für das Gelingen der Arbeit anderer.«

Martin tunkte seinen Pinsel tief in die schwarze Ausziehtusche.
»Ich hab' einen in der Klasse, von dem der Vater is so reich, daß er gar nix mehr tut. Der fährt bloß immer rum und redet mit den anderen Reichen, und dann bekommt er noch mehr Geld.«
»Das ist dann sicher ein sehr erfolgreicher Geschäftsmann, der Kontakte knüpfen muß«, erklärte Tante Anna. »Die müssen oft sehr viel mehr arbeiten als ihre Angestellten, die ihre begrenzte Arbeitszeit haben.«
Kati runzelte die Stirn. »Und was is das alls mit Weihnachten?« Tante Anna nickte.
»Kati hat recht. Ich will euch jetzt die Geschichte weitererzählen, die ja auch mit Weihnachten zu tun hat.
Margot und Anna waren gute Freundinnen und ebenso gute und phantasievolle Puppenmütter. Leider nur kränkelte die zarte Margot oft. Sie durfte dann trotz der Frühlings- oder Herbstsonne nicht in den Garten. Immer häufiger mußte sie im Bett bleiben. Anna kam treu jeden Nachmittag, brachte der Freundin die Schularbeiten und baute die Puppenfamilie um das Bett herum auf. Daß Margot immer wieder von Hustenanfällen geschüttelt wurde, erregte zwar ihr Mitleid, störte aber nicht beim Spiel.«
»Hatten die denn keinen Arzt?« Marianne dachte immer sachlich.

»Doch, sie hatten einen Arzt. Der kam auch immer öfter von Görlitz nach Seidenberg hinaus. Und seine Miene wurde immer ernster. Eines Tages, im Frühsommer, wurde Margot schließlich nach Görbersdorf geschickt.«
»Warum?« wollte Kati wissen. Und Martin fragte: »Görbersdorf – was is' das?«
»Das ist ein Luftkurort im Waldenburger Bergland, wo sich speziell Lungenkranke erholen sollen. Margot hatte eine sehr schwere Lungenerkrankung – sie hatte Tuberkulose.« Die Kinder waren still. Mit Tuberkulose wußten sie nichts Rechtes anzufangen. Aber wenn Tante Anna es so sagte, dann mußte es eine schreckliche Krankheit sein.
Die alte Frau überlegte in dieser Stille, ob sie die Geschichte nun zu Ende erzählen sollte, so, wie sie sich zugetragen hatte. Sie wußte aus Erfahrung, daß Kinder viel mehr an Schwerem und Bedrückendem ertragen konnten, als die Erwachsenen gemeinhin annahmen. Und es wäre ihr unehrlich vorgekommen, nun ein mühsam konstruiertes Happy-End vorzutäuschen. Sie nahm Mariannes Stickdecke in die Hand, vollendete mit ein paar Stichen einen Tannenzweig und gab sie dem Kind zurück.
»Das hast du gut gemacht, Jannchen«, lobte sie. Und dann nahm sie sich ihre eigene Handarbeit wieder vor und fuhr in ihrer Erzählung fort:

»Margot blieb den ganzen Sommer und Herbst, bis in den Winter hinein in Görbersdorf. Anna und sie schrieben sich lange Briefe, die sie mit kleinen Malereien verzierten. Sie sehnten sich nacheinander. – Die Eltern fuhren oft ins Waldenburgische und besuchten die kranke Tochter. Nach jeder Heimkehr sahen ihre Mienen sorgenvoller aus. Weihnachten holten sie sie heim.«

»War sie da gesund?«

»Nein. Sie war so krank, daß es keinen Sinn mehr hatte, sie in dem fremden Sanatorium zu lassen.«

Kati riß die Augen weit auf. »Was ist ein ...«

»Ein Sanatorium ist so eine Art Krankenhaus«, half Tante Anna, »in dem man betreut wird, aber nicht immerzu im Bett liegen muß. Vor allem sind da Ärzte, die die Kranken ständig unter ihrer Aufsicht haben.«

»Aber dann hättese doch man lieber dort bleiben sollen«, meinte Martin bedächtig.

»Es gibt Krankheiten, bei denen die Kunst der Ärzte machtlos wird, Martin. Da muß man sich dem Willen des Schicksals beugen. Es war richtig, daß die Eltern Margot heimholten. Sie hatte Heimweh nach Haus, nach Vater und Mutter – vielleicht sogar nach ihren Puppen und nach Anna.«

»Hat das die Anna gewußt?« Mariannes Stickdeckchen lag wieder unbeachtet auf ihrem Schoß.

»Natürlich. Anna ging noch am gleichen Nachmittag hinüber in das schöne große Haus. Als sie Margot im Bett liegen sah, so weiß wie das Kissen, war sie tief erschrocken. Ganz schüchtern ist sie zu Margot gegangen und hat ihr das Lenchen auf die Bettdecke gelegt, das sie im Arm gehalten hatte. Margot hat die Freundin angelächelt und etwas sagen wollen. Aber da hat sie sofort wieder zu husten angefangen. Das Kindermädchen hat Anna rasch hinausgeführt und nach Haus geschickt.«

»Is denn die Margot nu endlich gesund geworden, wo se doch nu zu Hause war?« erkundigte sich Martin.

»Das ging doch gar nicht, du Depp!« fuhr ihn Marianne an. »Du hörst ja gar nicht zu. Die war doch so krank, daß die Ärzte nichts mehr machen konnten.«

Und zu Tante Anna gewandt: »Isse gestorben?«

Tante Anna nickte.

»Zwei Tage vor Weihnachten ist sie gestorben. Anna war wie gelähmt, als sie es von ihrer Mutter erfuhr.«

»Und da hat se deweint«, flüsterte Kati.

Tante Annas Blick schien durch die Zimmerwände zu wandern und verlor sich irgendwo in der Ferne.

»Ja, die kleine Anna hat sehr geweint«, sagte sie langsam. »Sie ist dann noch einmal ganz tapfer hinübergegangen in das große Haus, in das weiße Kinderzimmer, in dem Margot in einem weißen Sarg lag. Alles war voller Blumen, so daß sich Annas kleiner Strauß ganz darin verlor. Und in all den Blumen lag Margots Kopf mit dem glatten, dunklen Haar, das das winzig gewordene Gesicht wie ein Helm umschloß. Dies Gesicht war sehr friedlich, aber auch sehr fremd. Anna hat erst später begriffen, daß nicht der Körper, sondern Geist und Seele den Menschen ausmachen, oder vielmehr die Vereinigung von allen dreien. Seele und Geist waren hinausgeflogen, und was da zurückgeblieben war, das war ein zarter, schöner Mädchenkörper, aber nicht eigentlich mehr Margot.

Das war für das kleine Mädchen Anna plötzlich ein großer Trost. Sie mußte nun versuchen, die Seele der Freundin zu finden. Denn ohne die Seele war der Körper inhaltlos.« Tante Anna strich sich über die Stirn. Ihr fiel auf, daß sie zu sich selbst gesprochen und die Kinder vergessen hatte.

»Aber die Seele is doch dann weg«, sagte Marianne etwas atemlos. »Was meinst du denn, wo se dann hin is?«

»Sie ist aus dem Körper gewichen, hat ihn verlassen, weil der Körper durch die Krankheit zerstört war. Aber Seele und Geist bleiben ja erhalten, sie sind unsterblich. Sie sind immer um uns. Das ist ja das Wunderbare, das Tröstliche. Wir können sie nie verlieren. Sie leben in uns fort. Wir spüren sie.«

Die Kinder sahen die alte Frau erstaunt an. Tante Anna hatte plötzlich so strahlende Augen bekommen, als ob sie ihnen etwas Wunderschönes erzählt hätte, und nicht von Krankheit und Tod.

»Tut sterben weh?« wollte Martin jetzt wissen.

Tante Anna lächelte.

»Ich weiß es nicht. Ich lebe ja noch. Aber ich glaube, daß Margots Tod sehr friedlich war. – Das Sterben, das kann wohl manchmal voller Schmerzen sein. Aber der Tod – der ist, glaube ich, sehr friedvoll und schön.«

»Und was is nu mit Weihnachten?« fragte Kati mit einem tiefen Seufzer.

»Ja richtig!« Tante Anna häkelte in Windeseile eine ganze Reihe Stäbchen und erzählte dabei: »In der Nacht vor Heiligabend hatte die kleine Anna einen Traum. Sie sah ihre Freundin Margot auf sich zukommen in einem langen, weißen Nachthemd, und im Arm hielt sie ihr Lenchen, das Lenchen, das sie auf Margots Bettdecke gelegt hatte. Es war kaum wiederzuerkennen, so festlich war es gekleidet. Margot übergab Anna die Puppe mit einem bezaubernden Lächeln, dann wurde sie plötzlich gläsern durchsichtig und löste sich ganz auf. – Am Heiligen Abend lag unter dem kleinen, geschmückten Tannenbaum in der Chauffeurswohnung Annas Lenchen in einem weißen Stickereikleid, wie es Margots Puppen angehabt hatten. Annas Mutter machte ein geheimnivolles Gesicht. Aber Anna war überhaupt nicht erstaunt. Sie nahm ihr Lenchen in den Arm, wiegte es und flüsterte ihm zu: »Das wußte ich schon heute nacht, daß du wiederkommst.«

Die Kinder rührten sich nicht. Sie sahen Tante Anna an, deren Augen nun doch feucht geworden waren. Der große Lederbeutel wurde wieder nach dem Taschentuch durchsucht, und Tante Anna schnaubte all die Tränen hinein, die nicht aus den Augen fließen durften.

Martin räusperte sich.

»Woher weißte denn das alles so genau?«

Und Marianne schlug sich mit der flachen Hand an die Stirn: »Tante Anna! – Nicht wahr, du warst die kleine Anna?«

Das Weihnachtslicht

Er lief ziellos durch die überfüllten Straßen, die Hände tief in den Jackentaschen vergraben. Den Schal hatte er über das halbe Gesicht hochgezogen. Es war kalt. Vom Himmel tanzten Flokken auf die geschäftige Stadt, glitzerten im Licht der Reklamen und der erleuchteten Schaufenster, bevor sie von vielen Stiefelsohlen zu einem festen, schwärzlich-grauen Straßenüberzug getrampelt wurden.

Am Demianiplatz strömten die Menschen aus den Türen des Kaufhauses, aus allen Geschäften kamen sie, mit Paketen, Päckchen und Tüten beladen. Es war die Zeit um Ladenschluß. Vielen war erst im letzten Moment eingefallen, wie ihr Beitrag zu dem bevorstehenden Fest aussehen sollte: Es war der 23. Dezember 1931. Irgendwo spielte ein Leierkastenmann. »O du fröhliche . . .«.

Er konnte nichts Fröhliches an diesem Weihnachten finden. Voriges Jahr hatte er noch etwas für seine Mutter gekauft. Jetzt war die Mutter tot, und er hatte auch nur wenig Geld, wofür er etwas hätte kaufen können. Für wen auch?

Alles, was er im Überfluß hatte, war Zeit. So viel, daß er gar nicht wußte, wie er sie verprassen sollte. Seit einem halben Jahr war er arbeitslos. Bis dahin hatte er in der Waggonfabrik gearbeitet. Und dabei war er gelernter Maler. Der Arbeit in der lauten Fabrikhalle trauerte er nicht nach. Er ging regelmäßig zum Arbeitsamt, holte seine Unterstützung und hin und wieder ein paar Adressen, wo er sich vorzustellen hatte. Meistens kam er zu spät. Er bekam gleich oder nach ein paar Tagen eine Absage.

Gelegenheitsarbeiten gab es genug. Aber das nützte nur vorübergehend. Er brauchte eine feste Stellung. Das war besser für den Lebensstandard und besser fürs Gemüt.

Weihnachten - eine überflüssige Einrichtung! Prahlerei mit irgendwelchen Geschenken, Geschäftemacherei. Alles nach außen gestülpt. Für innen blieb nichts übrig. Ob wirklich hin und wieder mal einer nachdachte über den Ursprung dieses Festes?

Früher wars mal schön gewesen, bei den Eltern in dem kleinen Haus auf dem Lande. Die Mutter konnte das sehr schön machen mit den kleinen Überraschungen, dem Tannenbaum und dem

Stollenduft. Und in der kleinen Dorfkirche war es damals auch schön weihnachtlich. Jeder kannte jeden, und wehe, wenn mal einer daheim blieb während der Christmette. Dann gingen sie nach Hause über die verschneite Dorfstraße, die mit den schmutziggrauen Straßen der Stadt nichts gemein hatte. Es knisterte nur ein bißchen unter den Sohlen, und manchmal fiel Schnee von den Bäumen am Rande. Es war ihm immer sehr festlich zumute gewesen in seiner Jungenzeit zu Weihnachten, und das Gefühl hatte er geliebt. Er konnte es jetzt sogar noch ein bißchen nachschmecken.
Weihnachten war eben was für Kinder. Die kamen dabei stets auf ihre Kosten. Die konnten sich auch über Kleinigkeiten freuen, die ein Großer gar nicht mehr sah.
Die Ladentüren wurden geschlossen. Die Straßen leerten sich langsam. Wenn man jetzt seitwärts an den Häusern entlangging, hörte man sogar den frisch gefallenen Schnee unter den Fußsohlen knirschen. Mitten auf dem Wilhelmsplatz stand ein gewaltiger Weihnachtsbaum, bis oben hin mit glitzernden Kugeln und Silberketten geschmückt, die von einer Vielzahl elektrischer Kerzen angestrahlt wurden. Es sah aus, als wäre er hier gewachsen, so fest und gerade stand er da. So, als sei ihm bei dem Transport aus dem Walde nicht ein einziges Zweiglein abgeknickt.

Vor dem Baum stand ein kleiner Junge. Er stand ganz still, unbeweglich, hatte den Kopf in den Nacken gelegt und blickte an der weihnachtlichen Pracht hinauf, bis zu der Spitze, die sich im Dunkel des Winterhimmels verlor.
Der Mann ging vorbei, blieb plötzlich stehen und starrte auf die kleine Gestalt. Er hatte noch nie ein so selbstvergessenes, tieftrauriges Kindergesicht gesehen. Er hatte auch nicht gewußt, daß ihn das so anrühren konnte. Kinder mußten fröhlich sein, besonders, wenn sie vor solch einem prächtigen Weihnachtsbaum standen. So einfach war das. Oder – offenbar doch nicht?
Er ging die paar Schritte zurück, bis er neben dem Jungen stand.
»Nu, Kleena, nu kummt ja woll bale der Weihnachtsmoann, woas? Morgen.«
Keine Antwort. Als einzige Reaktion wanderte der Kinderblick den ganzen Baum hinab, glitt von Zweig zu Zweig, bis er auf dem verschneiten Boden haltmachte. Der junge Mann wartete eine Weile. Er zog sich den Schal vom Gesicht. Schneeflocken verfingen sich in seinem blonden Bart, der Wangen und Kinn verdeckte. »Wie heeßt'n du?«
Was ging es ihn an? Aber er wollte mit dem traurigen Kind sprechen, und er wußte keinen besseren Anfang. Der Junge stieß die Fußspitze in den Schnee.

»Gottlieb«, sagte er langsam und deutlich.
Gottlieb - was für ein ausgefallener Name. Er hätte genausogut Paul oder Willi heißen können.
»Und du?« kam es zögernd, ein bißchen vertraulich schon.
»Nicky.«
»Nicky - ist das ein richtiger Name?«
Er räusperte sich. »Nee, eig'ntlich Nikolaus.«
Es klang zu albern in dieser Situation.
Die Kinderaugen hingen ungläubig an seinem weißbepuderten Bart.
»Du bist dea Nikolaus?«
»Nu ja - ni su ganz. Ni, wie de denkst. - Soag amoal, wie alt biste eigentlich?«
»Sechse.«
»Gehste schun zur Schule?«
»Nu kloar.« Das Kerlchen wuchs zusehends um einige Zentimeter. »Seit Ostern.«
»Aha. Und nu freuste dich uf Weihnachten.«
Eine lapidare Feststellung. Von Freude war in dem Kindergesicht nichts zu sehen, auf das jetzt erneut ein Schatten fiel.
»Nee, goar ni. Asu woas gibt's nämlich ni mehr bei uns.« Nikolaus legte dem Kleinen die Hand auf die Wollmütze. Er fühlte sich ihm zutiefst verbunden. Ein heißes Mitleid stieg in ihm auf. Auch für ihn gab es kein Weihnachten mehr, nicht mehr diese innere Festlichkeit, die seine Kindheit durchleuchtet hatte. Aber als er sechs war,

und noch lange Jahre danach, hatte er noch diese kindhafte Freude auf das Fest gehabt. Sie war ihm erst kürzlich verloren gegangen.
»Hoast du denn keene Eltern? Feiert ihr morgen ni wengsten a bissel Weihnachten?«
»Ich hoab keene Eltern. Ich hoab nur noch 'ne Mutter, und die is krank.«
»Wo wohnste denn?«
Die kleine Hand im Strickfäustel zeigte irgendwo ins Ungewisse: »In der Krölstraße.«
»Soll ich dich heembringen?«
Nikolaus hatte plötzlich das Gefühl, etwas Gutes tun zu müssen. Überhaupt – es gab auf einmal etwas zu tun, was ihm sinnvoll erschien. Es erfüllte ihn mit Freude und Genugtuung.
Der kleine Gottlieb schob eifrig die Fäustelhand in seine große Männerpranke.
»Du bist do dea Nikolaus, ne woar?«
»Ja«, gab er zögernd zu. Es war schließlich die Wahrheit. Sie gingen eine Weile schweigend. Die Straßen hatten sich geleert, nur wenige bummelten noch an den Schaufenstern entlang. Es hatte aufgehört zu schneien. Die Wolken zogen davon und gaben einen Sternenhimmel frei, wie ihn leuchtender und klarer selten eine Dezembernacht zeigte.
Plötzlich blieb Nikolaus stehen.
»Können wir eig'ntlich zu Fuß dohie, wo de wohnst.«

»Nu freilich - wie d'n sunst?«
»Nu, wenn's weit is - 's hoat joa schließlich oo noch 'ne Straßenbahn ei der Stoadt.«
»Nee, asu weit isses nich.«
Sie setzten sich wieder in Gang. Der Kleine stapfte sichtlich zufrieden neben ihm her. Aber noch einmal verhielt Nikolaus den Schritt.
»Warum warstn asu traurig - vorhin, vor däm grußen Weihnachtsboom?«
Gottlieb sah zu ihm auf. Wieder lag diese unbegreifliche, unkindliche Trauer in seinem Blick.
»Alle Leite hoaben Weihnoachten«, sagte er, und seine Knabenstimme zitterte. »Nur bei uns ist nischte, ni amoal een Weihnoachtslichte. Und meene Mutta is goanz still und soagt nischt und weent bluß imma.«
Auf einmal hatte er eine Idee, die wie ein Aufleuchten über sein Gesichtchen zog.
»Itze wenn du dea Nikolaus bist, doa koannste uns doch a Lichtel bringen, nur een kleenes Kerzenlichtel, doas damit wia ooch Weihnoachten hoam.«
Der junge Mann nickte langsam. Ja, das konnte er wirklich tun. Der Gedanke, daß er dem kleinen Kerl mit einer Kerze zu seiner Weihnachtsstimmung verhelfen konnte, machte ihm schon im voraus Freude.
Sie standen mittlerweile in der Krölstraße vor einem schäbigen Haus, dessen Eingang durch eine

Straßenlaterne matt erleuchtet war. Er nahm die kleine Hand des Jungen, drückte sie vorsichtig und wie um ein Versprechen zu besiegeln und sagte:
»Nu, bis morgen alsu. Groad um dieselbe Zeit. Wo wohnste hier eig'ntlich und wie heeßtn du mitm Noachnoamen?«
»Schulze – eim vierten Stuck links. Kimmste?«
»Joa.« – Gottlieb Schulze. Es war nicht zu vergessen. Er wartete, bis die Haustür zuklappte und wandte sich wieder stadteinwärts.
Der 24. Dezember war leicht neblig und kalt. Schlesische Winter waren oft grimmig und setzten früh ein. Als Nikolaus sich in der Innenstadt unter die letzten Geschenkesuchenden mischte, war es kurz vor Mittag. In zwei Stunden würden die Geschäfte schließen. Zeit genug, um noch ein paar Kleinigkeiten zu erstehen, die einem Nikolaus an diesem Tage gut anstanden. Er hatte seine Barschaft gezählt und dabei immerzu das ernste, so seltsam erwachsene Kindergesicht vor sich gesehen, in das er heute ein bißchen kindliche Freude zaubern wollte.
Er betrat das große Kaufhaus. Hier, glaubte er, war es am einfachsten, alles zu bekommen, was er sich ausgedacht hatte. Aber das Haus war plötzlich gähnend leer. Die Verkäufer standen gelangweilt hinter fast leeren Tischen. Es waren kaum noch Kunden in den Gängen. Am Schoko-

ladenstand gab es nicht mehr einen einzigen Weihnachtsmann. Die Verkäuferin zuckte die Schultern. »Nu, wennse so spät kommen! Wir sind ja froh, alles los zu sein.«
Verlegen kaufte er die letzte Tafel Schokolade. In der Spielzeugabteilung waren nur noch ein paar teure Stabilbaukästen übriggeblieben.
Er hastete in die Schreibwarenabteilung.
»Habense noch 'n paar Malbücher für Kinder?«
»Kommen im Januar wieder rein.«
Der Schweiß brach ihm aus. Es war gar nicht so einfach, Nikolaus zu sein, wenn man erst am Heiligen Abend damit anfing.
Die Kerze, dachte er in Torschlußpanik, die Kerze ist ja das Wichtigste!
Überall wurden die Kassen geschlossen. Die Stände, auf denen bis vor kurzem die Kerzen gelegen hatten, waren blank und aufgeräumt.
Verzweifelt rannte er aus dem Kaufhaus hinaus. In der Jackentasche hatte er als einzige Ausbeute die Tafel Schokolade. Draußen lief er von einem Laden in den anderen. Überall fragte er nach Kerzen. Man schüttelte den Kopf, erstaunt, unwillig, manchmal mitleidig. Er rannte wie blind weiter, fragte im Handtaschengeschäft, im Zigarrenladen, beim Juwelier. Offensichtlich hielten ihn alle für ein bißchen verrückt. Aber er mußte es schaffen. Er mußte dieses Weihnachten retten für den kleinen Gottlieb – und für sich.

Vor den Fischdelikatessen stolperte er gegen die geschlossene Tür und hielt einen Augenblick erschöpft und atemlos an. Da sah er neben sich eine weit geöffnete Ladentür, hinter der ein einladendes Licht schimmerte, und wie magisch angezogen setzte er sich in Bewegung, schob sich Schritt für Schritt vorwärts und stand schließlich, sein Glück kaum fassend, vor einem Konditortresen, hinter dem ihn ein engelhaftes Wesen lieblich anlächelte.
»Was darfs denn sein?« fragte die himmlische Erscheinung. Nikolaus verschlug es den Atem. Auf der Glasplatte vor ihm stand ein prächtiger Schokoladenweihnachtsmann, in glitzerndes Cellophan gehüllt, mit einem Bart aus weißer Schokolade, und neben ihm brannte eine dicke, rote Kerze, deren Fuß von einem Tannenzweig umgrünt war.
»Doas isses«, seufzte er befriedigt, zeigte auf Weihnachtsmann, Kerze und Tannenzweig und bestellte alles zusammen, indem er schon seine Geldtasche zog und hervorholte, was er besaß.
Das junge Mädchen zögerte.
»Eigentlich ist nur der Weihnachtsmann verkäuflich.« Sie sah in das erschrockene Männergesicht, lächelte sanft und blies das Licht aus.
»Die Kerze ist umsonst«, sagte sie, »weil heute Weihnachten ist.«
Sie ließ sich eine Mark über den Glastisch rei-

chen, steckte Weihnachtsmann, Kerze und Tannenzweig in eine Tüte, die ihrerseits mit lauter winzigen Tannenzweigen verziert war, und reichte sie ihm hinüber.
»Frohes Fest«, sagte sie, und ihre Stimme klang ihm wie aus anderen Sphären. Dann ging sie hinter ihm her, als er den Laden verließ, und verschloß die Tür. Jetzt begann auch ihr Weihnachten.

Draußen pfiff ein gehöriger Wind, der die letzten Straßenbummler rasch nach Hause trieb.
Nikolaus hatte noch beinahe drei Stunden Zeit, bevor seine Bescherung bei dem kleinen Gottlieb beginnen konnte. Für zwanzig Pfennig trank er an einem Ausschank eine Tasse heißen Kaffee. Dann lief er durch den Stadtpark, der sich in prächtigem Winterweiß zeigte. Er war fast allein dort. Und als von überall her Kirchenglocken läuteten, stand er still und fühlte in sich hinein, wie weihnachtlich ihm auf einmal zumute wurde und wie neu und beglückend diese Feststellung war.
Inzwischen dunkelte es. Es war eben erst vier Uhr vorbei, und wenn er die versprochene Zeit einhielt, so mußte er noch zusehen, wie er die nächsten zwei Stunden ausfüllte. Er lief zum Portikus und die Schützenstraße hinauf, stand plötzlich vor dem Weihnachtsbaum auf dem Wil-

helmsplatz und ließ seine Blicke bis zu dessen Spitze wandern. Plötzlich verstand er es, sich in die Seele des Kindes zu versetzen, dem jede Stunde früher eine Verkürzung seiner ungeduldigen Wartezeit war. Er schlug den Weg ein, den er von gestern in der Erinnerung hatte, fand auch bald das häßlich-graue Haus in der Krölstraße und öffnete die Haustür.

Im Treppenflur war es dunkel. Er fand den Lichtschalter, knipste an und stieg zum vierten Stock empor. Schon im dritten fing er an schwer zu atmen. Er nutzte eine Verschnaufpause, um eine Schachtel Streichhölzer hervorzuziehen. Vor der Tür, an der auf einem billigen Aluminiumschild SCHULZE stand, kramte er die Kerze aus der Tüte, zündete sie an und klingelte. Gleichzeitig pochte er mit der Faust energisch gegen das Holz der Tür, die im selben Moment aufgerissen wurde.

Der Junge mußte schon dahinter gewartet haben. Er stand unbeweglich, die großen Kinderaugen mit einer Mischung aus Genugtuung, Zärtlichkeit und Freude auf das sanfte Kerzenlicht gerichtet, das sich in ihnen widerspiegelte. Nikolaus genoß den Augenblick eine Weile, auf den er sich selbst so gefreut hatte. Dann fragte er: »Derf ich reinkommen?«

Gottlieb sagte nichts. Aber er öffnete die Tür ganz weit und trat zur Seite. Nikolaus ging zö-

gernd hinein, blieb in dem halbdunklen Flur stehen und wartete, immer noch die brennende Kerze in der Hand.
»Hier«, sagte Gottlieb und öffnete eine Tür. »Kumm ocke.« Er faßte die Hand des Mannes und zog ihn mit der Vertrautheit einer lange bewährten Freundschaft in eine kaum erhellte Stube. Auf einer schäbigen Couch lag eine blasse, junge Frau. Ihr Gesichtsausdruck war vorsichtig-abwartend. Sie schwieg, sah ihn nur aus unnatürlich großen Augen an.
»Gutten Abend«, sagte Nikolaus. »Frehliche Weihnoachten.« Gottlieb faßte seine Hand und zog ihn vorwärts.
»Nu?« stieß er aufgeregt hervor, »nu, siehste, Mama, nu is a doch gekumm!«
Auf das müde Gesicht der Frau trat ein schwaches Lächeln. Es vertiefte sich, als sie sah, daß der Nikolaus aus der Tüte einen wunderbaren Schokoladenweihnachtsmann zog und auf den Tisch stellte. Die Kerze wurde er nun auch endlich los, und davor legte er als Überraschung noch die Tafel Schokolade, schob sie sacht unter den Tannenzweig, damit das Ganze recht malerisch aussah.
Gottlieb stieß einen kleinen Seufzer aus. Er setzte sich auf einen Stuhl, stemmte die Ellenbogen auf den Tisch und legte sein Gesicht auf beide Hände. Während sein Blick den märchenhaften

Aufbau umfaßte, murmelte er zufrieden: »Nu is Weihnoachten.«

Über die blassen Wangen der Frau rannen Tränen.

Sie hob Nikolaus die Hand entgegen. Er nahm sie, drückte sie leicht und brummte verlegen: »Joa, nu werd' ich moal wieda gähn.«

Er strich dem Jungen über das Haar und sah auf das ruhige Licht der Kerze.

»Die brennt no loange«, sagte er.

Als die Haustür hinter ihm zuklappte, wußte er wieder, was Weihnachten für einen Sinn hatte.

Bunzlauer Weihnachtsteller

In jedem Jahr bot sich dem Jungen das gleiche Bild, wenn am Heiligabend die Tür zum Weihnachtszimmer geöffnet wurde und er an der Hand des Vaters hindurchtrat. Die Mutter stand mit geheimnisvollem Lächeln neben dem Weihnachtsbaum, der bis zur Decke des hohen Zimmers reichte und dessen viele Kerzen den Raum sanft erhellten. An der Längsseite standen drei mit Geschenken bedeckte Tische, und auf jedem in der Mitte der Weihnachtsteller aus Bunzlauer Keramik, dessen Motive, Stern, Kerzen und Tannenzweige, erst zum Vorschein kamen, wenn die Süßigkeiten darauf verschwunden waren. Und das dauerte eine Weile, denn Weihnachten war die Zeit der reichlichen Mahlzeiten, und man war eigentlich immer satt.

An den Geschenken auf dem Tisch war das unterschiedliche Alter des Jungen abzulesen. Zuerst waren es Bilderbücher und der hellbraune Plüschteddy, den der kleine Hartmut liebevoll umarmte und natürlich mit ins Bett nahm. Später kamen Eisenbahn und Stabilbaukasten, Zauberer- und Elektrospiele und Bücher, immer wieder Bücher. Hartmut unterschied sich von Gleichaltrigen darin, daß er ganze Nachmittage und Abende mit Lesen verbrachte, was die Mutter manchmal befürchten ließ, er könne den Anschluß an den Freundeskreis verlieren. Er las die Klassiker von Goethe bis Nietzsche, aber auch Knut Hamsun, Sven Hedin und die Zukunftsromane von Hans Dominik. Am liebsten wollte er Germanistik und Geschichte studieren, obwohl der Vater Medizin für sinnvoller hielt, wenn Hartmut einmal die väterliche Praxis übernehmen sollte.

Zur ersten Kriegsweihnacht 1939 schenkten ihm die Eltern ein Paar nagelneue Skier. Da war er achtzehn Jahre alt. Ostern darauf machte er sein Abitur im Bunzlauer Gymnasium. Er bekam einen Studienplatz in Breslau und begann Medizin zu studieren, dem Vater zuliebe. Doch mußte er sich verpflichten, Militärarzt zu werden. Nur dies sicherte ihm die Möglichkeit eines Studienbeginns in einer Zeit, in der jeder junge Mann sofort nach dem Schulabschluß und dem obligatorischen Arbeitsdienst zur Wehrmacht eingezogen wurde. Die Literatur blieb sein Steckenpferd, ein Leben lang.

Von den neuen Skiern hatte er nicht viel. Einmal

fuhr er mit einem Kommilitonen ins Riesengebirge, eine Woche lang. Sie machten herrliche Skiwanderungen zur Schneegrubenbaude und Schneekoppe und genossen die langen, sanften Abfahrten. In Breslau fand der liebenswürdige, blonde Junge schnell Anschluß an einen Kreis Gleichgesinnter. Das Studentenleben im Sommer 1940 war fast noch so, wie es in alten Liedern besungen wurde: »Student sein, wenn die Veilchen blühen ...« oder »Gaudeamus igitur ...«. Breslau mit seinen herrlichen sakralen und bürgerlichen Barockbauten, mit den feinen Hotels und den urigen Studentenkneipen wurde Hartmut Böhm zum Schauplatz seiner Jugendjahre, auf die der sich ausbreitende Krieg immer länger werdende Schatten warf. Bei Feierlichkeiten in der Aula der Universität, dem Leopoldinum, wurde der gefallenen Studenten gedacht. Die Listen wurden immer länger. Die Reihen in den Hörsälen lichteten sich.
Im Dezember lernte er Ingelore kennen, die Germanistik und Geschichte studierte. Auf langen Spaziergängen die Oder-Promenaden entlang, über die vielen Brücken und durch die Parks diskutierten sie, fanden sich einig in ihren Interessen und waren glücklich miteinander.
Aber die Zeit holte sie ein, brachte ihr Glück in Gefahr. Ingelore erkannte das eher als der Freund.

»Du wirst auch in den Krieg müssen, Hartmut. Du bist bald zwanzig, da ziehen sie doch schon alle ein. Ich hab' Angst um dich.«
Hartmut legte ihr den Arm um die Schulter. »Bis zwanzig hab' ich noch ein halbes Jahr Zeit. Ärzte werden auch und gerade im Krieg gebraucht. Sie sind fast wichtiger als Soldaten. Und nach dem Krieg erst recht. Was meinst du, was für Chancen ich dann habe. Darin hat mein Papa wirklich recht gehabt.« Er küßte sie zärtlich. »Weihnachten fahre ich heim. Papa bekommt Fronturlaub. Da sind wir alle drei wieder zusammen, Vater, Mutter und ich, trotz Krieg. Siehst du, so gefährlich ist das Ganze gar nicht.«
Hartmuts Vater war Reserveoffizier und seit einem halben Jahr in Norwegen stationiert.
Am Heiligen Abend erstrahlte wieder der hohe Tannenbaum im Bunzlauer Haus im hellen Lichterglanz. Hartmuts Tisch lag voller Bücher, und die Weihnachtsteller waren mit Leckereien gefüllt. Allerdings hatte sich das Sortiment geändert. Die Schokoladenkringel und Marzipankartoffeln waren Fondant und Persipan gewichen, die Pfefferkuchen mit Kunsthonig und der Kriegsmargarine gebacken, die immer leicht fischig roch. Aber das alles tat der Freude des Zusammenseins keinen Abbruch. Die Menschen waren bescheidener geworden, überall. Sie hatten gelernt sich mit den Gegeben-

heiten abzufinden und das Beste daraus zu machen.
Im Februar trafen sich die Studenten wieder an der Breslauer Universität. Die Sorglosigkeit der ersten Studienmonate war dem Ernst gewichen, der den Kriegszeiten angemessen war. Obwohl Hitlers Propagandaministerium bemüht war, gerade die Jugend bei bestem Optimismus zu halten, hing doch die Last des sich ausweitenden Krieges wie ein Damoklesschwert über allen. Im Juni wurde Hartmut eingezogen. Vier Tage vor seinem zwanzigsten Geburtstag kam der Gestellungsbefehl. Ingelore sah bleich und ernst aus. Ihre dunklen Haare umrahmten ihr Gesicht wie ein Trauerflor.
»Ich wußte es. Die Zwanzig war für mich die magische Zahl. Wer weiß, wann wir uns jetzt wiedersehen.«
»Du kannst mich sicher besuchen. Ich komme ja nicht gleich an die Front. Erst werde ich mal gedrillt, damit ich weiß, wie ich mich da draußen zu benehmen habe. Und Urlaub bekomme ich ja auch irgendwann.« Hartmut streichelte ihre blassen Wangen.
Er fuhr nach Hause, um ein paar Sachen zu packen. Am Geburtstag ging er mit der Mutter essen, im besten Restaurant der Stadt. Er hatte Fleisch- und Fettmarken gespart und lud sie ein. Der Wirt brachte ihnen eine Flasche Wein, was

großzügig honoriert wurde. Diesmal bezahlte die Mutter. Als sie die Gläser hoben, füllten sich ihre Augen mit Tränen.
»Wenn du nur nicht zu bald an die Front kommst! Paß auf dich auf, mein Jungchen.«
Hartmuts Ausbildung begann in den Liegnitzer Kasernen. Ingelore kam aus Breslau, die Mutter aus Bunzlau, so oft es ging. Von den Kameraden wurde er aufgezogen wegen der vielen Frauenbesuche. Er nahm es gelassen.
»Ihr seid ja bloß neidisch.« Und er teilte alles, was ihm bei solchen Anlässen zugesteckt wurde, redlich unter ihnen.
Im Sommer marschierten deutsche Truppen in Bulgarien und Griechenland ein. Der Widerstand der Bevölkerung in den besetzten Ländern war ungebrochen. Woher die Waffen kamen, mit denen die Partisanen reichlich versorgt waren, blieb unerfindlich. Deutsche Soldaten und Offiziere wurden aus dem Hinterhalt getötet. Der Wahnsinn des Krieges hatte Methode. Menschen, die sich nie vorher gesehen hatten, die nichts voneinander wußten, brachten sich gegenseitig um.
Hartmuts Vater wurde Mitte des Jahres 1941 von Norwegen zum Balkan versetzt, zur selben Zeit, in der sein Sohn zur Wehrmacht kam. Sie wußten beide nichts voneinander. Die Feldpost lief umständlich und mühsam. Erst Wochen später er-

fuhr Hartmut von dieser Versetzung seines Vaters. Im Dezember 1941 kam die Nachricht, daß Major Böhm in Jugoslawien gefallen war, von Heckenschützen erschossen. Hartmut war zu der Zeit in Polen. Seine Mutter schrieb es ihm in einem Feldpostbrief. Er reichte seinen Urlaub ein, und die Kommandantur genehmigte ihn für die Weihnachtswoche. Der Rußlandfeldzug hatte schon begonnen. Hartmuts Weg in die schlesische Heimat war lang geworden.

Der Weihnachtsbaum, den ihm die Mutter geschmückt hatte, war kleiner als seine langjährigen Vorgänger. Sie stand wie üblich daneben, diesmal ohne das strahlende Lächeln, in schwarzen Trauerkleidern und mit blassem Gesicht. Die Tische waren wieder gedeckt. Daß es nur noch zwei waren, machte den Schmerz noch bitterer. Die Bunzlauer Weihnachtsteller standen darauf, unversehrt und wie immer mit Süßigkeiten gefüllt.

Am ersten Weihnachtsfeiertag kam Ingelore, fügte sich taktvoll in den kleingewordenen Familienkreis ein und war ein rechter Trost.

Hartmut Böhms nächstes Schicksal war Rußland. Er marschierte auf Moskau zu und lag mit seiner Einheit in vorderster Front. Dicht hinter den Unterständen, die nachlässig geschaufelt waren in dem Glauben, daß sie nur für wenige Tage Unterschlupf bieten mußten, war ein kleiner,

provisorischer Verbandsraum, in dem die Verwundeten erste Hilfe bekamen. Hartmut hatte das Rote Kreuz des Sanitäters auf seiner Armbinde und ging dem jungen Truppenarzt zur Hand.
Das Kriegsjahr 1943 führte ihn immer weiter nach Rußland hinein. Zu Hause hatte seine Mutter inzwischen nach einem Aufruf seine Weihnachtsskier von 1939 bei einer Sammelstelle abgeliefert. Wenn sie in dem immer größer werdenden Durcheinander überhaupt in Rußland eingetroffen waren, so stakste irgendein unbekannter Landser damit über die weiten, schmerzhaft weißen Flächen, die Rußlands Unendlichkeit vor ihnen ausbreitete.
Von der Niederlage der sechsten Armee in Stalingrad unter General Paulus sickerten nur spärlich Nachrichten durch. Ungenaue Meldungen und Mutmaßungen sprachen von 150000 Gefallenen. Die Kampfmoral und Einsatzbereitschaft der Truppen erlitten dadurch Einbußen.
Die Soldaten, die Hitlers Eigensinn und Machtgier in das fremde Land hineintrieben, begannen nach dem Sinn des Lebens zu fragen. Viele fragten auch gar nicht mehr. Der Haß auf den Feind, der ihnen von den Nazis immer wieder eingehämmert worden war, hatte sich in den unermeßlichen Weiten verlaufen. Einzig der Überlebenswille blieb mächtig in ihnen. Die Sehnsucht

nach der Heimat wurde beherrschend, nach der Mutter, der Frau, den Kindern.
Weihnachten saßen sie in ihrem Sanitätsunterstand, sechs Sanitäter und Stabsarzt Dr. Herrmann. Irgendwer hatte ein paar Kerzen aufgetrieben. Im Wald hatten sie sich einige Tannenzweige gebrochen. Der Duft von starkem Kaffee und hartem Alkohol waberte durch den Erdstollen und vermischte sich mit dem der Kerzen und der Tanne. Einer blies auf der Mundharmonika ein Weihnachtslied. Sicher wollte er die Kameraden zum Mitsingen animieren. Aber keiner schaffte es, über die aufsteigenden Tränen hinwegzusingen. Die Töne zerflatterten in dem dumpfigen Raum.
Vor einer halben Stunde war der Verpflegungsnachschub gekommen und mit ihm die Post. Hartmut hielt ein Päckchen in den Händen, das die Handschrift der Mutter trug. Andächtig löste er die Schnur und hob den Pappdeckel. Aus einem Knäuel Holzwolle hob er den Bunzlauer Weihnachtsteller, auf dem ein Tütchen mit Pfefferkuchen und ein Brief lagen:
»Mein geliebter Junge – mit all meinen Gedanken und allen Fasern meines Herzens bin ich bei dir. Wir wollen am Heiligen Abend ganz stark und bewußt zueinander hindenken, dann werden wir uns irgendwo begegnen. Dein Bunzlauer Weihnachtsteller wird dich an unser Weih-

nachtszimmer erinnern, in dem immer der hohe Tannenbaum stand. Ich habe mir dieses Jahr keinen mehr hingestellt. Es würde mich zu traurig machen. Wenn du wieder da bist, vielleicht schon im nächsten Jahr, werden wir wieder einen schönen Baum haben. Und dann werden wir wieder zu dritt sein im Weihnachtszimmer: Du, ich und deine Ingelore. Wenn ich so meine Gedanken an dich auf den Weg schicke, werde ich am schönsten Fest des Jahres, das auch das traurigste sein kann, nicht so allein sein. – Deine Mutter.«

Hartmut schob einen Kriegspfefferkuchen in den Mund. Er mußte etwas zum Runterschlukken haben. Es war nun schon das zweite Weihnachtsfest, das er nicht daheim in Bunzlau verlebte. Am nächsten Tag schob er den Bunzlauer Weihnachtsteller in seinen Brotbeutel. Er wollte ihn immer bei sich tragen. Es war wie ein Talisman.

Drei Tage später kam über das Feldtelefon der Angriffsbefehl.

In Minutenschnelle verließen die Soldaten die Unterstände. Sie liefen mitten hinein in einen Sturm russischer Geschützsalven. Als der erste Lärm für einen Augenblick stockte, schoben sich die Sanitäter vorsichtig vor in die Schußlinie, um die Verwundeten zu bergen. Hartmut Böhm drehte sich um und winkte einem Kamera-

den. Plötzlich spürte er einen Schlag und stürzte zu Boden. Ein brennender Schmerz durchflutete seinen Oberschenkel. Zwei Sanitäter robbten zu ihm. Sie stützten ihn von rechts und links und schleiften ihn so zurück zum Verbandsplatz. Etwas schepperte dabei immer so merkwürdig.
Im Feldlazarett zog man ihm alles Überflüssige aus, bevor er auf den Operationstisch kam. Der Sanitäter, der ihm den Brotbeutel abschnallte, schüttelte den ein paarmal, bevor er hineinschaute.
»Lauter Scherben. Was war denn das mal? Mensch, das hat Sie aber vor was Schlimmerem bewahrt. Die Kugel ist hier abgesprungen, in den Oberschenkel rein. Sonst hätt's 'nen Unterleibsschuß gegeben, und der kann mies ausgehen.«
Hartmut schloß die Augen. »Mein Bunzlauer Weihnachtsteller«, dachte er. Dann wurde ihm eine Narkosehaube über die Nase gestülpt, bevor man ihm die Kugel aus dem Oberschenkel holte.
Vier Wochen später bekam er Heimaturlaub.

Schlesische Weihnacht im geteilten Deutschland

Auf die Lausitzer Berge fällt Schnee, seit zwei Tagen, Stunde um Stunde. Zuerst sind die Flokken groß, dicht und schwer. Ein undurchsichtiger Vorhang, der die liebliche schlesische Landschaft geheimnisvoll verbirgt. Später tanzen Flöckchen herunter, zierlich und übermütig, balgen sich in der Luft, steigen auf und ab, ehe sie auf den makellosen weißen Teppich sinken.
Nachts macht der Himmel dem lustigen Treiben ein Ende. Goldene Sternenkinder schieben eifrig die Wolkenwände beiseite, um dem Mond Gelegenheit zu geben, sein silbernes Licht auf die Schneelandschaft zu werfen und sie zu verzaubern. Am nächsten Morgen beginnt der Tanz von neuem. Die kleinen Tannen in der Schonung haben hohe, glitzernde Wichtelmützen auf, die sie mit sichtbarem Stolz tragen. Sie bewegen sich kaum, damit nur ja nichts von der Pracht verlorengeht. Für die gravitätischen alten Kiefern aber hat die Jahr für Jahr wiederkehrende

Schneelast ihren Reiz verloren. Sie schütteln sie unwillig ab. Mit dumpfem Gepolter stürzen die weißen Brocken aus ihrer luftigen Höhe und zerstieben am Boden.
Daß die Lausitzer Berge »Berge« heißen, ist eine liebevolle Übertreibung der schlesischen Flachländler. Zwar ist das Riesengebirge von manchen Orten Niederschlesiens bei guter Sicht klar zu erkennen, hier aber gibt es nur die sanften Erhebungen, die schattige Wälder und besonnte Matten tragen und mit ihrer friedlichen Schönheit die Täler umschließen.
In einem dieser Täler hat weihnachtliche Geschäftigkeit begonnen, als der Regen aufhörte und ein plötzlicher Kälteeinbruch das Land in festliches Weiß hüllte.
Es scheint, als sei die Neigung der Dorfbewohner zu Feiertagsvorbereitungen erst durch den Wetterumschwung hervorgerufen worden. Tatsächlich aber beginnt die weihnachtliche Regsamkeit im Dorfe nie eher als zwei Tage vor dem Fest. Sie erschöpft sich im Stollenbacken und hier und da im Schlachten einer Gans oder eines Kaninchens als Festbraten. Geschenke werden selten gemacht. Es gibt ja auch nicht viel zu kaufen. Der Dorfladen hat außer ein paar Kerzen nichts, was an Weihnachten erinnert. Und die Auslagen in der nahen Stadt regen die Phantasie der Dörfler auch nicht an. Nur wenn einer aus

der Stadt zurückkommt mit der Nachricht, es gäbe Zitronen oder Sultaninen oder sogar Nüsse, fährt der Nächste gleich mit einem großen Auftragszettel für das halbe Dorf dahin. Wie oft kommt er mit leeren Händen oder enttäuschend kleinen Mengen zurück, die dann aufgeteilt werden.

Nein, Weihnachten hat für das Dorf nichts Aufregendes an sich. Man ist arm, und man ist bescheiden. Dafür kennt man die laute Hektik der westlichen Vorweihnachtszeit nicht. Es gibt ja auch nichts, was man in Pakete packen könnte, selbst wenn man wollte. Die meisten haben weder Freunde noch Verwandte im Westen. Nur hier und da setzt sich in diesen Tagen eine Bäuerin an den blanken Holztisch und schreibt mit ungelenker Hand ein paar Grüße auf kariertes Papier.

Mit dem letzten Regentag hat die Schule aufgehört. Als am nächsten Morgen die Flocken tanzen, pressen die Kinder im Hause der Familie Martin jubelnd ihre Nasen an die Scheiben der kleinen Fenster. Stundenlang beobachten sie, wie die Schneedecke höher und höher wird. Als dann der Hefeduft des langsam braunwerdenden Stollens vom Ofen her durchs warme Häuschen zieht, wird ihnen ganz festlich zumute.

»Mama, sieh mol, 's Christkindel kimmt«, sagt die kleine Lotte andächtig, »'s wird ganz scheen im Dorf.«

Die Bäuerin tritt hinter das Kind, nimmt es in die Arme und wiegt es leise hin und her.
»Nu, da wern wir dem Christkindel ein scheenes Liedel singen, was Lottel?«
Und als sie zurückgeht zum Herd, summt sie die Melodie von »Leise rieselt der Schnee«.
Mittenhinein klopft es an der Haustür. Draußen stapft sich jemand die Schuhe ab, kommt über den winzigen Flur und steckt den Kopf zur Küchentür herein.
»Tag, Else«, sagt der Postbote. »Da bringt ich dir ein Päckel«. Und er wuchtet ein ansehnliches Paket auf den Küchentisch.
Die Mutter staunt: »Für mich?«
»Wirst's wohl sein. Steht ja ›Else Martin‹ druff.«
Die Bäuerin schüttelt ungläubig den Kopf. Sie kann sich nicht besinnen, schon einmal im Leben so ein riesiges Paket bekommen zu haben.
Sie beugt sich darüber und entziffert langsam den Absender.
»Oma«, ruft sie plötzlich zu dem verschlissenen Lehnstuhl hinüber, in dem ein steinaltes Weiblein sitzt, »Oma, das ist von der Christa aus Berlin! Ne sowas!« Dann wendet sie sich an den Postboten.
»Otto, jetzt kriegst einen Schnaps.«
Und während sie ihn ins Glas gießt, erzählt sie von der Christel wie sie als kleines Mädchen immer aus der Stadt zu ihnen in die Ferien gekom-

men ist. Sie selber, Else, war auch noch klein damals. Zwanzig Jahre haben sie nichts mehr voneinander gehört – und nun kommt plötzlich diese Überraschung. Die Rührung läßt die Stimme der Frau zittern.
Lottel ist nähergekommen. Sie hebt sich auf die Zehenspitzen.
»Ist das vom Christkindel, Mama?« fragt sie, und ihre Augen leuchten.
»Ja, Lottel«. Die Mutter streicht ihr über den Kopf.
»Ich hob's gewußt.« Die Kleine ist tief befriedigt.
»Nu mach's uff, Mutta.« Stefan, der ältere Bruder, zieht ungeduldig an der Paketschnur.
»Ne, ne, Junge, wart's ab. Morgen is erst Weihnachten«, wehrt sie.
»Nu, dann werd ich mal wieda.« Der Postbote wischt sich über den Mund, stülpt sich die Mütze auf den Kopf und stiefelt hinaus.
Freudige Erwartung herrscht den ganzen Abend in der Martinschen Stube. Immer wieder versuchen die Kinder, die Mutter zum Öffnen des Paketes zu bewegen. Aber sie bleibt eisern. Das Christkindel mag keine ungeduldigen Leute, meint sie.
Am nächsten Vormittag dürfen die Kinder hinter dem Haus Schlitten fahren. Das uralte Holzgefährt knirscht zwar bedenklich, und ein Holm ist auch schon angeknackst. Aber das tut dem

Vergnügen keinen Abbruch. Mittags stürmen sie mit roten Backen und schneebedeckten Mützen in die Stube. Beim Mittagessen fehlt der Vater.
»Wo is Vata?« fragt Stefan über seinen Suppenteller hinweg.
»Vata trifft sich mit'm Ruprecht im Walde«, antwortet die Mutter geheimnisvoll.
Lottel bekommt große Augen.
»Ich weeß«, schreit Stefan, »'n Baum wird er hol'n, 'n Christkindelbaum!«
Die Mutter antwortet nicht. Sie sieht zur Oma hinüber. »Willste noch Suppe?« Geschickt schöpft sie eine Kelle auf den Teller der Greisin. Die hebt die blassen Augen zu der Tochter.
»Haste noch die Dinger für die Kerzen, zum festmachen?« Else lacht. »Nu, Mutta, solche Sachen verliert man doch nich. 'S sind noch die Alten von früha, wo wir jung war'n.«
Die Alte nickt bedächtig.
Als es dunkelt, wird die Stubentür für die Kinder versperrt. Vater und Mutter werkeln dahinter. Stefan und Lotte sitzen bei der Großmutter. Zum Spielen sind sie viel zu aufgeregt. Ab und zu rennen sie zum Fenster und sehen in die schneeglitzernde Nacht. Das Stubenlicht wirft einen breiten, goldenen Balken auf die weiße Fläche, die sich vom Haus bis zur Straße hinzieht. Endlich öffnet sich hinter ihnen die Stubentür. Mutter

und Vater stehen im Rahmen, und hinter ihnen schimmert ein Kerzenbäumchen, daß es den Kindern so vorkommt wie der Sternenhimmel draußen.
Die Eltern gehen zur Oma und helfen ihr aus dem Sessel neben dem Herd, führen sie hinein in die Stube, die heute ganz anders aussieht als sonst. Auf dem Tisch stehen Tassen und Kuchenteller, für die Kinder zwei große Becher. In der Mitte prangt der Christstollen, und daneben ein Teller mit schlesischem Streuselkuchen, der noch bei keinem Weihnachtsfest gefehlt hat. Vor dem Bäumchen auf dem Boden aber steht das große Paket, dessen Schnur gelöst und die Pappdeckel verheißungsvoll geöffnet sind. Lottel steht neben Stefan, hat seine rechte Hand fest gepackt und zischelt: »'s Päckel vom Christkindel!«
Der Vater rutscht aufs Sofa, zündet sich bedächtig seine Pfeife an und murmelt:
»Nu erscht mal een Kaffee.«
»Ne, ne, Walter«, sagt die Mutter. »Nischt gibt's. Erscht mal is Weihnachten für uns alle. Nu wird geschenkt - alles, was im Pakete is.«
Und damit holt sie lauter Päckchen aus der Tiefe des Pappkartons, jedes in schönes, buntes Weihnachtspapier gewickelt und mit goldenen Bändchen umschnürt. Sie bestaunen jedes einzelne von außen, bevor sie es öffnen. Und was für herrliche Dinge kommen da zum Vorschein: Kaffee,

Schokoladenkringel, Marzipanbrot, Seife, Tabak und Strümpfe. Eins nach dem anderen wird auf den Tisch gelegt, der immer voller wird.
»'S is ja's reenste Warenhaus«, schmunzelt der Bauer und schnuppert an dem Tabakpäckchen.
An jeden hat die gütige Spenderin gedacht. Die alte Oma bekommt einen Riesenkasten Konfekt. In ihrem ganzen Leben hat sie so etwas noch nicht besessen. Sie fährt mit der alten, zerknitterten Hand glücklich über das glatte Zellophan.
Stefan liegt auf dem Boden und schiebt sein Spielzeugauto herum. »Brumm, brumm«, stößt er unaufhörlich hervor. Und Lottel hält selig eine wunderschöne Puppe im Arm und strahlt:
»'S war doch 's Christkindel, ich hab's gewußt. Und das Puppel, das is jetz meine Christel.«
Als das Paket leer ist, gießt die Mutter Milch und Kaffee in Tassen und Becher, setzt sich auf ihren Stuhl und stützt nachdenklich den Kopf in die Hände.
Die Christel – daß sie sie nicht vergessen hat. Für jeden in der Familie hat sie etwas ausgesucht, und für jeden auch grad das Richtige. Sie war ihnen wirklich wie das Christkind erschienen.
Und mit einem zufriedenen Seufzer flüstert sie:
»A schienes Fest is doas – a richtigs Weihnachten!«

Der Römer aus der Josephinenhütte

Es klingelte. Zum soundsovielten Male klingelte es heute in der Villa am Rabenberg. Wieder wurde ein neues Blumenarrangement durch die Tür gereicht. Das ganze Haus war voll davon, eins war immer herrlicher als das andere. Dr. Hartmut Benstorff wurde 65 Jahre alt.
Vor zwei Tagen hatten sie den Heiligen Abend gefeiert. Jetzt, am zweiten Weihnachtsfeiertag, wurde zum nächsten großen Fest gerüstet. Das fünfundsechzigste Jahr im Leben eines aktiven Mannes war der Beginn eines neuen Abschnitts, oder sollte es eigentlich sein.
»Ich denke gar nicht daran, abzutreten«, erklärte der erfolgreiche Arzt zehn Tage vor seinem Fest in der Freundesrunde. »Was sollen denn meine Patienten von mir denken, wenn ich plötzlich kneife? Außerdem – was sollte ich denn sonst tun? Auf Reisen gehen oder Stiefmütterchen pflanzen? Solange ich nicht uralt bin, bleibe ich mittendrin im Leben.«

Keiner hatte etwas anderes von ihm erwartet.
Jetzt war er also fünfundsechzig, hatte ein Alter erreicht, in dem die meisten anderen sich ins beschauliche Pensionsstübchen zurückzogen.
Margarete hatte einen wunderbaren, festlichen Tisch für ihn gedeckt. –
»Nur ein paar gute Freunde«, hatte er vorbeugend gebeten, als sie einiges von ihren Festplänen durchblicken ließ.
Er kannte seine Frau, wußte, wie bereitwillig und großartig sie zu feiern verstand. Margarete nickte lächelnd und legte eine Liste an.
»So viele?« fragte er bestürzt, als sie ihm die Aufstellung vorlegte.
Sie strich ihm über die hohe Stirn.
»Du hast eben so viele Freunde. Ein Mann wie du! Sieh selbst – wen würdest du weglassen wollen?«
Er las stirnrunzelnd, dann schmunzelte er.
»Du hast recht, ich habe tatsächlich eine Menge guter Freunde. Ich sollte dafür dankbar sein. Lad' sie ein, alle. Aber das wird ein Riesenaufwand, sag' ich dir.«
»Nicht so schlimm.« Margarete faltete die Einladungsliste zusammen. »Wir sind genau sechzehn. Das geht, wenn ich den Eßtisch zweimal ausziehe. Die Speisenfolge habe ich schon fertig. Ich werde Frau Knuthe für die Küche herbitten. Und die kleine Anja kann servieren. Sie hat das gelernt und macht es fabelhaft.«

Hartmut Benstorff drückte anerkennend die Hand seiner Frau.
»Na gut, du machst das schon. Da brauche ich mich also um nichts zu kümmern?«
»Um nichts!«
»Tja, das ist dann schon ein Geburtstagsgeschenk für sich. Danke dir.«
Sie neigte sich über ihn, um sich seinen Anerkennungskuß geben zu lassen.
Nun also war der Tisch gedeckt, die Zimmer standen voller Blumen, viele Kerzen dazwischen, und um punkt acht Uhr klingelten die ersten Gäste. Hartmut Benstorff, auf eindringliches Bitten seiner Frau in den dunklen Gesellschaftsanzug gekleidet, blickte seufzend zur Uhr.
»Daß die immer alle so superpünktlich sind!«
»Gerade richtig«, fand Margarete. »Wenn man zum Essen einlädt, rechnet man mit der Pünktlichkeit seiner Gäste.«
Um zehn nach acht waren sie alle beisammen, sieben Ehepaare und die Gastgeber, und stießen mit dem Aperitif – Champagner mit Curaçao und Angosturabitter – auf das Wohl des Jubliars an.
»Na, wenigstens hast du endlich auch graue Schläfen«. Doktor Brock, der Studiengefährte von einst, leerte sein Glas in einem Zug. »Manchmal hat man das Gefühl, du hast einen Pakt mit

der Zeit geschlossen, daß sie mit abgewandtem Blick an dir vorübergeht.«
»Ich hoffe es«, lächelte Benstorff verschmitzt. »Und ob 65 oder 56, das ist mir ganz egal. Ich habe noch nicht viel gespürt, was mich auf die steigenden Jahreszahlen aufmerksam gemacht hätte. Im Gegenteil – wenn ich jetzt das Stethoskop an den Nagel hänge, kann ich mich gleich dazuhängen. Prost, ihr Freunde – es ist doch schön, daß wir hier alle so unbeschwert feiern können. Das meiste davon haben wir heute Margarete zu verdanken. Also laßt sie hochleben.«
Sie gingen zu Tisch und genossen das vorzügliche, viergängige Menü, das die Hausfrau zum großen Teil schon selbst vorbereitet hatte. Daß sie sich als liebenswürdige Gastgeberin ihren Gästen widmen konnte, das war auch wieder ihrem Organisationstalent zu danken.
Rainer Mühlhaupt, der älteste, beste Jugendfreund, hielt eine Rede. Er kramte drei zerknitterte Zettel aus der Tasche und putzte zwischendurch gerührt seine Brille. Seine Erinnerungen gingen so weit zurück, daß selbst Margarete Mühe hatte, zu folgen. Weißt du noch ... weißt du noch ...
Hartmut wußte. Er freute sich. Auch das war ein Geburtstagsgeschenk für ihn. Keine übliche langweilige Rede für einen Mittsechziger, sondern ganz persönlich und herzlich.

»Am meisten tun mir immer die leid«, sagte Rainer, »die in der Zeit vom 24. bis 31. Dezember Geburtstag haben. Du hast mir deshalb schon vor fünfundfünfzig Jahren leidgetan. Aber wir Jungens, die bei euch eingeladen waren, wir haben uns alle gefreut. Und unsere Eltern auch. Die waren froh, uns am zweiten Weihnachtsfeiertag los zu sein. Da hatten sie wenigstens einen Tag Ruhe. Und nun laß mich mal an deine Mutter denken, die dir immer so schöne Geburtstage gestaltete, als wäre nicht eben Weihnachten vorbeigewesen ... Mir scheint, mein Lieber, du hast Glück mit der Weiblichkeit. Auch Margarete versteht es, deinen Geburtstag zu einem besonderen Fest zu machen. Darum lasse ich jetzt euch beide hochleben. Habt Dank!«
Die Gläser klangen aneinander. Es dauerte eine Weile, bis jeder mit jedem angestoßen hatte. Dann setzte sich Rainer Mühlhaupt, tupfte einen Weintropfen von den Lippen und fragte den Hausherrn:
»Wir trinken hier alle aus schön geschliffenen, weißen Kristallgläsern. Warum in aller Welt hast du ein rotes? Vielleicht deshalb, weil du heute die Ehrenperson bist? Aber wenn ich mich recht erinnere, habe ich diesen roten Römer schon oft an deinem Platz gesehen.«
Hartmut Benstorff drehte das Glas gedankenvoll zwischen den Fingern. Das Licht der Kerze brach

sich in dem kunstvollen Schliff der kleinen Sonnen und Gräser und ließ das Rubinrot aufleuchten.
»Dieses Glas hat seine Geschichte«, sagte er langsam. »Ich werde sie euch erzählen. Und wenn meine liebe Frau es erlaubt, noch vor dem Nachtisch.
Wir verbrachten im Jahre 1935 einen Winterurlaub mit unseren Kindern im Riesengebirge, in Mittelschreiberhau. Bei einem Besuch in der Glasbläserei Josephinenhütte kam ich mit einem der Glasschleifer ins Gespräch.
Es war faszinierend zu sehen, wie so ein wunderbares Gebilde entstand, wie ich es jetzt in der Hand halte. Schon die farblosen Kristallgegenstände – Schüsseln, Teller, Karaffen und Gläser – wurden vor unseren Augen Kunstwerke, in denen sich das Licht brach, daß sie glitzerten wie Edelsteine. Ihr müßt wissen, für die Kristallschleiferei wird sehr dickwandiges Glas genommen, in das man tief hineinschleifen kann. Darum sind echte Kristallgegenstände auch so schwer. Noch etwas komplizierter ist der Arbeitsgang bei einem solchen Überfangglas. Da wird das farblose Glas in eine Farbglasschmelze getaucht, und der Schliff beginnt nach dem Erstarren der Schmelze. Das herausgeschliffene Muster ist dann wieder farblos, und so erscheint das Glas zweifarbig.«

»Donnerwetter!« Pfarrer Hemreith war voller Bewunderung. »Da hast du dich aber sachkundig gemacht, lieber Freund. Das ist ja eine richtige Vorlesung.«

Studienrat Seidel wollte wissen:

»Und wo beginnt die Geschichte deines Römers?«

»Die beginnt bei dem Glasschleifer, mit dem ich in der Josephinenhütte sprach. Er fiel mir auf, weil er so verhärmt und armselig aussah. Ich erfuhr, daß er Vater von sieben Kindern sei und in einer dürftigen Hütte im nahen Isergebirge wohnte. Bei unseren Wirtsleuten in Schreiberhau erfuhr ich die Adresse des Mannes. Es war ein Zufall, daß er dort bekannt war.

Margarete zu überreden, zu den Leuten ins Isergebirge zu gehen, war nicht schwer. Im Gegenteil, sie drängte darauf, daß wir diesen Ausflug schon am nächsten Tag unternahmen. Der Weg war leicht zu finden. Gleich hinter dem von uns gemieteten Haus führte er durch den Wald hoch. Das Isergebirge liegt dem Riesengebirge genau gegenüber, und Schreiberhau so ziemlich dazwischen. Schon im ersten kleinen Dorf fanden wir das Häuschen des Glasschleifers. Es lag am Rande eines Waldes, ein bißchen abseits. Wir stellten unseren Wagen auf der Dorfstraße ab und gingen zu Fuß hinüber. Aber noch bevor wir es erreichten . . .«

Margaretes Hand fuhr in die Höhe.
»Bitte, Hartmut, laß mich – laß mich weitererzählen. Ich glaube, das muß ich jetzt machen. Hartmut berichtet nach meiner Auffassung immer zu nüchtern.
Wir standen da auf der Waldwiese. Hartmut und ich, beladen mit Taschen voller Spielzeug und Kleidungsstücken unserer Kinder, die wir glaubten entbehren zu können. Da öffnete sich die kleine Tür der Hütte, und heraus quoll eine Kinderschar, wie die Orgelpfeifen, und alle barfuß! Sie standen da im Schnee, sahen uns mit großen, erstaunten Augen an, als könnten sie nicht begreifen, daß plötzlich jemand zu ihnen kam, und rührten sich nicht ... Es war kurz vor Weihnachten. Ich hatte noch allerlei Schokoladensachen, Obst und Nüsse gekauft. Das sollten sie alles zum Fest haben. Wir fuhren ja bald darauf heim.«
»Aber warum seid ihr denn nicht über die Feiertage dort geblieben? Weihnachten im verschneiten Gebirge – das ist doch etwas Wunderbares!« unterbrach Rudolf Brock.
Margarete zögerte. »Ich weiß nicht. Der Gedanke ist uns nie gekommen. Wir alle meinten – die Kinder ebenso wie wir – Weihnachten müßten wir zu Hause verleben. Und dann war ja auch immer Hartmuts Geburtstag.«
»Erzählt mal weiter«, bat die sanfte Annelie Brock. »Wir können doch die armen, kleinen

Barfüßler nicht so lange im Schnee stehen lassen.«

»Die Mutter hatte sie längst reingerufen«, schmunzelte Benstorff. »Hinter dem letzten traten wir dann in das Häuschen. Es war winzig, aber pieksauber und ordentlich. Offensichtlich hatte die Frau ihre sieben Sprößlinge zu erziehen gewußt. Sie standen da, aufgereiht und stumm, und hörten zu, als wir ihrer Mutter den Zweck unseres Besuches mitteilten.«

Margarete nutzte die Pause, in der ihr Mann mit einem tüchtigen Schluck seine Stimme wieder geschmeidig machte, und fiel ein:

»Nachdem wir nun alles erklärt hatten, packten wir aus. Mir war es vorher so wenig vorgekommen, was wir zusammengelegt hatten, aber wie da so der kleine Tisch mit all unseren Gaben bedeckt war, wirkte es doch wie eine richtige Bescherung. Zum Glück waren auch mehrere Paar Kinderschuhe dabei. Die arme, blasse Frau schlug sich mit beiden Händen an den Kopf und fing an zu weinen. Nur als ich die Schokolade an die Kinder verteilen wollte, erhob sie leise, aber bestimmt Einspruch. »Nee, doas wulln mer no sein lussen. 's ies joa no ni Weihnoachten.« Ihr Schlesisch war herrlich. Ich kann das gar nicht so richtig. – Als wir aus dem Haus hinausgingen, war es mucksmäuschenstill. Aber kaum hatten wir die Tür hinter uns geschlossen, brach drinnen ein vielstimmiger Jubel aus. Wir sind noch eine Weile stehengeblieben und haben uns das angehört. Und diesmal hab' ich zu weinen angefangen.«

Jetzt nahm Margarete ihr Glas und schluckte mit dem Wein ein bißchen Rührung hinunter.

»Aber der rote Römer«, fragte einer der Gäste, »wie ist der schließlich zu euch gekommen?«

»Der Zusammenhang ist unschwer zu erraten«, erwiderte der Hausherr. »Ihr kennt ja mein rühriges Gretchen. Sie hat sofort eine Vereinigung ins Leben gerufen, die sich der armen Leute im Isergebirge annahm. Es gab dort mehr davon, als wir ahnten. Nur die Familie des Glasschleifers hat sie für sich selbst aufgehoben und regelmäßig große Pakete dahin geschickt. Es gibt ja in solch einem großen Haushalt wie dem unsrigen eine Menge Sachen, die mit der Zeit entbehrlich werden, dort aber eine große Hilfe sind.

Nach einer Reihe von Jahren kam plötzlich zu Weihnachten ein umfangreiches Paket aus dem Isergebirge. Zwischen Wellpappe und zerknülltem Zeitungspapier lag dieses herrliche Glas eingewickelt, in Seidenpapier und in ein Wolltuch. Der Glasschleifer hatte es für uns gemacht, als wunderbares Dankeschön.«

»Es kam genau zu Hartmuts fünfzigstem Geburtstag. Ob das ein Zufall war oder ob er es irgendwie herausgekriegt hat, wissen wir nicht.

Jedenfalls ist es seitdem Hartmuts Glas. Es steht immer bei solchen Gelegenheiten wie heute an seinem Platz.«

»Obwohl es eigentlich Margarete gehören müßte«, ergänzte der Hausherr. »Sie hatte schließlich die jahrelange Arbeit mit den Paketen für ihren kleinen Isergebirgsverein.« Margarete lächelte nachsichtig.

»Hartmut hat erst einmal den armen Glasschleifer ausfindig gemacht. Wer weiß, ob er mir unter all den anderen aufgefallen wäre. Wie ich mich kenne, hätte ich wahrscheinlich eher alle die schönen Kristallgegenstände bewundert als auf die Glasschleifer zu achten.«

»Und was ist aus der Familie geworden?«

»Wir wissen es nicht. Das letzte Weihnachtspaket schickte ich 1944. Ob es angekommen ist, habe ich nie erfahren. Anfang 1945 war ja dort alles schon in solcher Auflösung, daß keine Nachrichten mehr durchkamen. Und später sind sowieso alle von den Polen vertrieben worden. Wer weiß, wohin es die Mutter mit ihren sieben Kindern verschlagen hat. Der Vater war bis zuletzt nicht von der Front zurück, wo auch immer die am Schluß gewesen sein mag.«

»Aber mit seinem roten Römer hat sich der Mann ein Denkmal gesetzt. Der hat seine Geschichte, die sich erzählen läßt.« Hartmut Benstorff hob den Kelch noch einmal.

»Laßt uns alle einen geziemenden Schluck trinken auf die Zeiten, die wir durchlebt haben, die schön und schrecklich, arm und reich waren. Unser Leben war und ist angefüllt mit unerhörtem Zeitgeschehen. Es lohnt sich zu leben.«
Rainer Mühlhaupt stieß mit ihm an.
»Dunnerlittchen, Hartmut, das hast du jetzt so gesagt, daß einem die Tränen in die Augen schießen könnten, wenn man nicht so beherrscht wäre wie ich.«
Ein befreiendes Gelächter gab dem Abend die Heiterkeit zurück, die dem Anlaß angemessen war.

Eher geht ein Kamel durch ein Nadelöhr …

Pfarrer Hausmann hob drohend den Zeigefinger. »… und weiter sage ich euch: Es ist leichter, daß ein Kamel durch ein Nadelöhr gehe, als daß ein Reicher in das Reich Gottes komme«, donnerte es von der Kanzel der Stadtpfarrkirche in dem schlesischen Städtchen Lauban.

Es war der erste Advent 1924. Die Kirche war voll besetzt. Die vielen Gesichter der Gemeindemitglieder blickten gläubig zum Pfarrer auf. Eigentlich waren sie alle arm, nach der eben überstandenen Inflation. Sie brauchten kein schlechtes Gewissen zu haben. Aber ob Armut allein reichte, um sich des Himmelreiches zu versichern? Auf jeden Fall waren die Chancen gut, besser als für die wenigen Wohlhabenden im Städtchen.

Zu denen gehörte der Taschentuchfabrikant Karl Otto Krause. Er saß im Seitengestühl neben dem Altar und hörte sich die Rede des Pfarrers nachdenklich an. Als dieser sich dann in der Aus-

legung des neunzehnten Kapitels von Matthäus, insbesondere in bewährter Weise mit den zehn Geboten, gefiel, schweiften Krauses Gedanken ab.
»Was soll das mit den Geboten – das kennen wir ja nachgerade auswendig«, dachte Karl Otto Krause ärgerlich. Aber die Sache mit dem Kamel und dem Nadelöhr, die war doch nachdenkenswert. So einfach über den Tisch geredet: Ein Reicher kommt schwer ins Himmelreich – na, so einfach war das aber nicht. So darf man das nicht hinnehmen. Grimmig sang er das »Lobet den Herren« mit, klappte das Gesangbuch zu und verließ hinter seiner Frau die Kirche. Für die Kollekte am Ausgang fingerte er aus seiner Westentasche einen nicht unbeträchtlichen Schein, was hinter ihm ein beifälliges Gemurmel auslöste.
Karl Otto Krauses Taschentuchfabrik, ein großes, sauberes Gebäude am Ostrand der Stadt, gab hundertachtundvierzig Arbeitern und dreiundzwanzig Angestellten Brot und Lohn. Entlassen wurde bisher keiner, weil die Firma mit Gewinn arbeitete. Am anderen Ende der Stadt, dicht am Stadtpark gelegen, besaß der Industrielle eine gepflegte Villa mit Garten, in der er vier weitere Angestellte beschäftigte: eine Köchin, ein Hausmädchen, ein Kindermädchen und das Faktotum Peukert. Soweit bekannt, wa-

ren alle froh, sich ihrer Arbeitsstelle sicher zu sein. Es gab keine Meuterer und meist rundum zufriedene Gesichter.
Karl Otto Krause war ein mittelgroßer, untersetzter Mann. Seine Haare standen in einer grauen Bürste nach oben, und auf der derben Nase saß eine etwas zu feine Goldbrille, die seinem Gesicht ein intellektuelles Aussehen verlieh. Obwohl er weder sich noch seiner Familie irgend etwas versagte, was zu ihrer aller Vergnügen und Wohlbefinden beitrug, blieb er doch auf dem Boden der Tatsachen und wurde nie überheblich. Da seine Frau Johanna ebenso dachte und handelte, war es beiden ein Leichtes, in diesem Sinne die gemeinsamen Kinder, einen Sohn und eine Tochter, zu erziehen.
Als sie alle an jenem Adventssonntag aus der Kirche kamen, war Karl Ottos nachdenklicher Unmut nicht zu übersehen. Das Mittagessen, das die Köchin Hilda servierte – die beiden anderen Mädchen hatten frei – wurde schweigend eingenommen. Den Kindern war es unbehaglich. Sie versuchten mit einer Frage die zerstreute Stille zu unterbrechen, bis die Mutter sie am Ende der Mahlzeit in ihre Zimmer entließ. Sie selbst stand auch auf und folgte ihrem Mann ins Herrenzimmer, wo er sich die Sonntagszigarre ansteckte und in einen der schweren Sessel fallen ließ.
»Daß er uns die zehn Gebote zum hundertsten

Male vorbetete, dagegen ist ja fast nichts zu sagen, obwohl es langsam langweilig wird. Aber in aller Öffentlichkeit zu drohen, daß ein Reicher nicht in den Himmel kommt, bloß weil er reich ist – das finde ich, gelinde gesagt, geradezu aufrührerisch. Er bringt die Leute ja bloß auf dumme Gedanken!«

Johanna hatte sich ihre Spitzenhäkelei hervorgeholt und setzte sich ihm gegenüber.

»Er hat ja bloß vorgelesen, was in der Bibel steht«, begütigte sie.

»Er hat es interpretiert und ausgelegt.« Karl Otto blies eine dicke Rauchwolke gegen die Zimmerdecke. »Die Armen kommen demnach alle in den Himmel, egal, mit was für einem Charakter sie gesegnet sind. Ein fürchterliches Gewusel muß es dort geben! Und die Reichen, die sich ihren Wohlstand mühsam erarbeitet haben und für die armen Arbeiter oft die letzte Rettung sind – wo kommen die hin? In die Hölle mit ihnen, weil sie fleißig und verantwortungsbewußt waren! Hat die Bibel für diese Tugenden keine Zeile? Da läßt er eher ein Kamel durch ein Nadelöhr marschieren, unser Pfarrer! Nach christlicher Nächstenliebe klingt das nicht. Und dabei soll man doch, so lernt man schon als Kind, seinen Nächsten ungeachtet der Person lieben wie sich selbst.

Meine Kirchensteuer nimmt er gern, der Herr

Pfarrer. Und seinen Klingelbeutel hält er mir auch unter die Nase, und wehe, es klingelt nicht genug, wenn ich dran bin! Nein, Johanna, das gefällt mir ganz und gar nicht.«
Minutenlang paffte er schweigend vor sich hin, und Johanna häkelte und wartete. Bis sich plötzlich ein verschmitztes Lächeln in seinen Augenwinkel schob. Er setzte sich bequem in seinem Sessel zurecht und klopfte mit der flachen Hand ein paarmal auf den Tisch.
»Was meinst du, wenn ich unseren Pfarrer mit seinen eigenen Bibelworten schlage? Hat er nicht heute gesagt – zu Anfang seiner Predigt: Lasset uns nicht lieben mit Worten, sondern mit der Tat? So ähnlich war's doch, was? Wir werden mit der Tat lieben, zu Weihnachten. Ich habe eine köstliche Idee. Und die läßt sich bloß mit dem Geld verwirklichen, das mich zum 'Reichen' macht. Da wollen wir doch mal sehen, ob ich nicht in den Himmel komme, wenn's soweit ist.«
In den verbleibenden Wochen bis zum Fest setzte in der Familie Krause eine rege Beschäftigung ein. Und nur in der Villa am Stadtpark wurde gewerkelt. In der Fabrik ahnte man nichts davon. Die Hausmädchen und die Köchin wurden eingeschaltet, und die beiden Kinder machten begeistert mit.
Lauban hatte etwa 16000 Einwohner. Davon gehörten rund 3000 zur Arbeiterschaft, es gab ca.

800 Angestellte mit ihren Familien, und der Rest zählte zu den Begüterten, sozusagen den 'Spitzen der Gesellschaft'. Aber das waren die, die den Fabrikanten Krause in diesem Falle überhaupt nicht interessierten. Ihn gingen an diesem Weihnachtsfest nur die ersten dreitausend und ihre Familien etwas an.
Er begab sich zu der Bank, die seine Konten führte, und ließ zehntausend Taler in acht mitgebrachte Taschen füllen. Karl Otto Krause holte tief Luft, als er die Taschen nacheinander vom Tresen wuchtete. Einzeln hatten sie ein Gewicht von zwanzig Kilo. Es zog die Schultern ordentlich herunter auf dem kurzen Weg zu seinem Büro. Viermal mußte er ihn gehen, bis er den Schatz verstaut hatte. Aber dabei spielte ein zufriedenes, kleines Lächeln um seine Mundwinkel. Den Transport des Geldes in sein Privathaus erledigte er mit seinem Auto, das er sonst nur für Reisen aus der Garage holte. Aus seiner Taschentuchproduktion ließ er sich zehntausend Tücher bringen, kleine und große, weiße und bunte, karierte und einfarbige. Auch die nahm er mit nach Hause, das acht Tage vor Weihnachten verführerische Düfte durchzogen.
Alle Frauen des Hauses waren in der Küche versammelt und buken Berge von Pfefferkuchensternen, die jeder in die Mitte einen blanken Taler gedrückt bekommen hatten. Hellbraun

und knusprig lagen sie auf großen Holzbrettern, alle wohlgelungen wie Ausstellungsstücke. Nur die allerbesten Sterne waren für den guten Zweck bestimmt. Alles, was schief geraten oder zerbrochen war, wanderte in die Blechdosen, in denen alljährlich das Weihnachtsgebäck in der Krausevilla aufgehoben wurde.
Der Hausherr legte die Pakete mit den Taschentüchern auf den Wohnzimmertisch und öffnete sie. Und nun begann das eigentliche weihnachtliche Werk: Alle Mitglieder des Hauses packten in jedes Taschentuch einen Sterntaler, verschnürten es mit einem glitzernden Goldbändchen, steckten einen Tannenzweig dazwischen und versenkten es in bereitgestellte Körbe. Es war eine Arbeit, die fröhlich machte.
»Ich glaube, ihr könnt mich jetzt entbehren«, stellte Johanna fest, als sie auf die vielen fleißigen Hände blickte. »Ich sorge lieber für die Weihnachtsstimmung.«
Sie setzte sich ans Klavier und begann die Lieder zu spielen, die seit eh und je das Fest der Feste krönten. Sie sangen alle mit. Es war so weihnachtlich, daß sich der Hausherr als i-Tüpfelchen der Gemütlichkeit eine besonders gute Zigarre ansteckte.
Am 24. Dezember, vormittags um zehn Uhr, trugen Karl Otto Krause und seine beiden Sprößlinge schwere Körbe durch die kleine Stadt, aus

denen wie aus einem Blumenbeet lauter bunte Taschentuchzipfel zwischen Tannengrün emporragten. Von Tür zu Tür gingen sie, durch alle kleineren und größeren Mietshäuser des Städtchens, klingelten und reichten so viele Taschentücher durch die Türen, wie es der Anzahl der Familienangehörigen entsprach, wobei der kleinste Säugling mitgezählt wurde.

Die Überraschung und die Freude waren einhellig. Manche der verhärmten Frauen, für die dieses das einzige Weihnachtsgeschenk war, konnten ihre Neugier nicht bezähmen und rissen das goldene Bändchen auf, bevor noch die Tür wieder geschlossen war. Da blinkte ihnen der Weihnachtsstern entgegen als ein Sinnbild aller Festtagsfreude.

Ein Taler war viel Geld in jenen Zeiten, in denen der tägliche Lebensunterhalt in Pfennigen bestritten wurde.

Die drei Krauses wanderten mit ihren Wunderkörben weiter, bis nur noch ein Taschentuch mit einem Sterntaler übrigblieb, das sie nicht unterbringen konnten.

»Laßt nur«, schmunzelte Karl Otto seinen Kindern zu, »dafür habe ich auch noch eine Verwendung.«

Trotz warmer Mäntel waren sie alle drei recht durchgefroren, als sie zum heimatlichen Mittagstisch zurückkehrten. Das Thermometer war

seit Tagen unter Null geblieben. Der Frost hielt die kleine, weißverschneite Stadt Lauban fest im Griff. Gerade richtig für Weihnachten, fanden die Laubaner.
Als am frühen Nachmittag die Straßenlaternen angezündet wurden, warfen sie ihr Licht auf den Schnee, so daß er da, wo er nicht festgetreten war, silbrig glitzerte.
Eine halbe Stunde vor vier Uhr öffneten sich überall die Haustüren, und die Bewohner trafen sich zum Kirchgang auf den Straßen. Als um punkt vier Uhr der Gottesdienst begann, war die Stadtpfarrkirche voll bis auf den letzten Platz. In den Gängen zwischen den Sitzreihen standen sie, oben auf der Empore war kein Stehplatz mehr frei, und durch die Kirchentür schoben sich die Letzten, daß sie kaum noch geschlossen werden konnte.
Als Pfarrer Hausmann die Kirche durch die Tür der Sakristei betrat und auf den Altar zuschritt, stutzte er. Auf dem Altartisch, unterhalb der aufgeschlagenen Bibel, lag ausgebreitet ein zartes, weißes Spitzentaschentuch, und mitten darauf ein Sterntaler, der im milden Schein der Altarkerzen besonders hell schimmerte.
Der Pfarrer schluckte ein leichtes Räuspern hinunter, das ihn hinderte, augenblicks in den festlichen Eingangsgesang der Gemeinde einzustimmen. Minutenlang kehrte er ihr den Rücken, und

wer Augen dafür hatte, sah, daß dieser ganze Rücken voller Nachdenklichkeit war und sich sammelte, bevor sich Pfarrer Hausmann zu der Kirchengemeinde umdrehte. Von dem Sterntalersegen, der über die Stadt gekommen war, hatte er schon gehört. Und er hatte sich auch längst seine Gedanken darüber gemacht. Daß hier jemand etwas Gutes getan hatte, dem gleichzeitig der Schalk im Nacken und das Lachen in der Kehle saß, das machte diese weihnachtliche Tat so menschlich und liebenswert.

Pfarrer Hausmann gedachte darauf zu antworten, wie es ihm angemessen schien.

Mit fester Stimme sang er das Kyrie eleison und die Liturgie bis zu dem »Der Herr sei mit euch«. Dann nahm er die Bibel in die Hand und verkündete mit kräftiger Stimme, was er seit Jahrzehnten auswendig wußte:

»Euch ist heute der Heiland geboren, welcher ist Christus, der Herr –«

Er schlug die durch ein Lesezeichen markierte Seite auf und las langsam und betont:

»Reiche und Arme begegnen einander –
der Herr hat sie alle gemacht.
Wer ein gütiges Auge hat, wird gesegnet;
denn er gibt von seinem Brot den Armen.«

Als er auf der Kanzel stand, nahm er diese Worte auf und verflocht sie mit der Weihnachtsbotschaft, ließ den Gedanken christlicher Näch-

stenliebe aufblitzen im Lichte des Stern von Bethlehem und hielt dazu das Sternlein hoch, in dem der silberne Taler blitzte.
»Christ sein und Mensch sein im besten Sinne dieses Wortes – das ist die Botschaft, die von jenem Stall ausging und seit fast zweitausend Jahren die Herzen derer erobert hat, die Gott wohlgefällig sind und in das Himmelreich einziehen werden.«
Karl Otto Krause, in der vordersten Stuhlreihe längs zum Altar, warf einen Blick aus den Augenwinkeln auf seine Frau Johanna, die mit einem kleinen Lächeln antwortete.
Er faltete die Hände zufrieden vor dem schweren, aufgeknöpften Ulster und beschloß, sich und anderen die Weihnachtsfreude mit den Sterntalern nun Jahr für Jahr zu machen. Und dabei spielte es wirklich keine Rolle, ob ihm dies nun allein die Tür zum Himmelreich öffnen würde. Er war immer ein frommer und fleißiger Mann gewesen, wobei die letztere Eigenschaft ihm zu seinem Vermögen verholfen hatte; die erste ganz sicher zu seinem Anspruch auf einen Platz in Gottes Himmelreich. Gezweifelt hatte er daran nie.

Fürst-Pückler-Eis

Nachdenklich stand der große, schlanke Mann an einem der Rundbogenfenster, die den Blick in den verschneiten Park großzügig freigaben. Die Last der Jahre hatte ihn nach vorn gezogen, der Rücken war nicht mehr so straff wie einst. Hermann Fürst von Pückler-Muskau hatte im vergangenen Oktober 1870 sein fünfundachtzigstes Lebensjahr vollendet. Morgen war Heiligabend, und er erwartete wieder einige Gäste auf Schloß Branitz. Dieser traditionelle Gästekreis war mit den Jahren immer kleiner geworden. Aber auch er würde wieder mit einem exzellenten Festmahl bewirtet werden, dessen Krönung die Fürst-Pückler-Eisbombe sein würde.

Mit einem leichten Seufzer wandte sich der Fürst dem Zimmer zu. Er hatte beschlossen, an diesem Vorabend des Christfestes über Vergangenes nachzudenken.

Er zog sich einen Sessel neben den Kamin, so, daß ihm der Blick zum Park freiblieb und das prasselnde Feuer seinen Rücken wärmte, machte es sich bequem und legte die Hände entspannt in den Schoß. Er war zufrieden mit sich und der Welt, mit der Zeit, die hinter ihm lag und voller Abenteuer und Erlebnisse gewesen war, mit der geruhsamen Gegenwart in dieser schönen Umgebung.

Daß es nun schon wieder Krieg gab! sinnierte der alte Mann. Vor einem Vierteljahr war Sedan gefallen, und das ganze Volk war in Jubel ausgebrochen. Früher hätte er mitgejubelt. Er war selbst lange Zeit Offizier gewesen, in sächsischen und in russischen Diensten. Damals hatte er geglaubt, Napoleon vertreiben zu können aus deutschen Landen.

Und nun war er seit fast fünfzig Jahren ein Fürst Preußens, Schlesier, als der er sich immer gefühlt hatte.

Der frühe Nachmittag ließ die erste Dämmerung aufkommen. Pückler griff nach der Klingelschnur, die neben ihm an der Wand hing und in einer prachtvollen Brokatquaste endete. Der klangvolle Ton war im ganzen Haus zu hören. »Ich brauche Licht«, gebot er dem eintretenden Diener freundlich. »Aber nicht zu viel – nur den Leuchter dort. Stellen Sie ihn auf das Tischchen.«

Die fünf Kerzen erhellten einen kleinen Umkreis des großen Raumes und gaben ihm Behaglichkeit. Die Flammen warfen ihr warmes Licht auf das Bild, das über dem Tisch an der Wand hing und das Porträt einer mütterlichen Frau zeigte.

»... und ich brauche einen Gesprächspartner«, sagte der Fürst, nachdem der Diener hinausgegangen war. »Wer wäre wohl ein besserer Zuhörer als du, meine liebe Lucie.«

Er nickte dem Bild zu, zog den Stöpsel aus einer Kristallkaraffe und goß sich bernsteinklaren Sherry in ein Glas. »Ja, der Krieg. Im Alter wandelt sich das Denken, Lucie. Und ich kann es nicht leugnen, ich bin jetzt wirklich ein alter Mann. Vor vier Jahren noch selbst in den Krieg gezogen - mit einundachtzig - ein Verrückter! Aber das war ich ja immer. Heute denke ich daran, daß Krieg Sterben bedeutet, Tod für viele hoffnungsvolle, junge Menschenkinder. Jetzt erst fällt mir das ein, wo mein Leben sich dem Ende zuneigt.

Du hast das früher gewußt, Lucie. Aber Frauen denken wohl auch eher an die Erhaltung des Lebens - verabscheuen das sinnlose Opfer. Ist ja auch wahr - es gibt nur ein Leben.« Genüßlich und laut schlürfte er den Wein aus dem Glas. Sein Blick ging zum Fenster. Die Umrisse der Bäume verschwammen im Dämmerlicht.

»Der Park - das war wohl die größte Leidenschaft in meinem Leben. Der von Muskau war noch schöner als dieser hier. Verzeih, geliebte Freundin - ich weiß, ich weiß, ich hatte viele Leidenschaften, viel zu viele. Und ich hatte das unendliche Glück, daß du verstanden und verziehen hast. – Ich danke dir!«

Hermann Pückler hob sein Glas dem Bild entgegen. »Daß ich dich fand – daß du meine Frau wurdest, war ein Geschenk des Himmels.«

Er leerte das Glas und goß es wieder voll. »Geschenke des Himmels sollte man pflegen und verehren und nicht von sich weisen. Ich habe dich verehrt, Lucie, aber ich habe dich auch oft gekränkt. Ich hatte eben ein zu heißes Herz, zu stark wallendes Blut.«

Heftig setzte er das Glas auf das Tischchen und stand auf. »Was kann ein Mensch gegen sein Temperament, gegen seine Neigungen tun? Wenn er sie unterdrückt, lebt er an seinem eigentlichen Leben, an seiner Eigenart vorbei. Nicht wahr!

Ich mußte so leben, wie ich gelebt habe. Und das Leben war schön! – Wenn ich an die verrückte Zeit in Dresden denke, als blutjunger Leutnant. Und die herrlichen Reisen nach Frankreich, England und Italien! – Das war vor unserer Zeit, Lucie.

Du wolltest mich seßhaft machen in Muskau, dem verkommenen, ererbten Besitz. Das gelang dir auch, meine Freundin, solange mich die Gestaltung des Parks faszinierte und unser Schloß ein Zentrum glanzvollster Geselligkeit war. Ah –

diese Lichterfülle, diese festlichen Roben, die Musik und die herrlichen Diners! – Lebe, wie du, wenn du stirbst, wünschen wirst, gelebt zu haben! Das war meine Devise, und ich habe mich danach gerichtet. Ohne Reue und ohne Verzicht. Vielleicht auch manchmal ohne Rücksicht.
Die liebliche, kleine Machbuba hast du mir übelgenommen, die ich von meiner Ägyptenreise mitbrachte. Eigentlich die Einzige, die du mir nicht verziehen hast, du Großzügige.
Aber ich war ein Pascha! Damals – Lucie – mit fünfzig Jahren! Ein Alter, in dem manche Herren der Schöpfung in eine unerklärliche Torschlußpanik geraten. Hast du das nicht verstanden – das nicht? Schon 1826, nach unserer Scheidung – die dich mir ja erhielt, die uns nicht trennte – hattest du Verständnis für meine auf England gerichteten Heiratspläne. Es ging ja doch nur ums Geld, um die Erhaltung unserer Parks, unseres Lebensstils. Das klingt nicht gut, nicht wahr? Aber es ist die Wahrheit. Und du hast es gebilligt. Daß ich dann ohne die reiche, englische Partie heimkam, hat mich im Grunde befriedigt. Dich auch, nicht wahr? Es war besser, aus meinen Büchern ein paar Finanzen herauszuholen, die ja dann aber doch nicht ausreichten.«
Mit langsamen, großen Schritten durchmaß der einsame Mann den Raum und blieb schließlich vor dem prachtvoll gerahmten Bilde stehen.

»Schön bist du, Lucie, schön auf diesem Bild. Es war deine beste Zeit – äußerlich. Innerlich warst du immer gleich: Liebevoll, umsichtig, charmant und duldsam. Fürstin! 1822 war das, als wir durch die Reputation deines Vaters Hardenberg in den Fürstenstand erhoben wurden. Aber zum preußischen Gesandten hat er mich nicht gemacht, der alte Herr. Und ich wäre ein guter geworden! Mein Denken war zu liberal – das störte manchen am Hofe. – O ja, meine Verehrte, ich hatte Umgang mit allen Großen meiner Zeit. Während du unser Muskau hütetest, war ich zu Gast bei Goethe, Walter Scott, Balzac und Metternich. Illustre Gesellschaften, illustre, gewinnbringende Gespräche. Mit Bismarck und seinen Ansichten verband mich eine tiefgreifende Einigkeit. Ich habe ihn gemocht, den temperamentvollen, weitblickenden Politiker aus Pommern. Ja, wirklich, er war ein genialer Staatsmann.«
Pückler drehte sich um und ging zu den Fenstern. Er löste die Vorhangbänder und ließ die schweren Portieren über die Fenster fallen.
»Ich mag den Blick ins Dunkel nicht«, murmelte er. Noch einmal betätigte er die Klingelschnur. Dem Diener, der sofort erschien, gab er seine Weisung: »Karl, ich bin mittendrin in einer langwierigen Rückbetrachtung. Ich glaube, ein Glas Champagner würde mir die Sache festlicher machen. Würden Sie mir dazu verhelfen?«

Als das kunstvoll geschliffene Glas auf dem Silbertablett stand und die dickbauchige Flasche entkorkt war, führte der Fürst den prickelnden Trank zum Munde und lächelte:
»Danke, Karl. Ich bin jetzt ganz gern wieder allein.« Die schwere Tür fiel mit einem leisen Klick ins Schloß. Fürst Pückler zog die goldene Deckeluhr aus der Westentasche und warf einen Blick darauf. Mit zartem »Bing-Bing« gab sie in diesem Moment die Zeit an: Sieben Uhr.
Bald Zeit zum Abendessen, dachte er. Verschmitzt lächelte er dem Bilde zu.
»Eine Stunde haben wir noch, meine Lucie. Genau sechzig Minuten nach preußischer Pünktlichkeit. Laß uns noch einmal rückwärts schauen in dieses so reiche, so erfüllte Leben, das hinter mir liegt. Wie sagte mein hochverehrter Freund Goethe? ›Ich besaß es doch einmal, was so köstlich ist – daß man doch zu seiner Qual nimmer es vergißt!‹ – Das konnte er meisterhaft. Dichten konnte ich nie. Dafür beschrieb ich meine Reisen – und nicht schlecht, wie mir Herr von Goethe bescheinigte. Die ›Briefe eines Verstorbenen‹ oder ›Tutti frutti‹! Da hab' ich mich ein bißchen politisch versucht. Und ich stehe noch zu dem, was ich geschrieben habe, obwohl es nicht überall mit Wohlwollen aufgenommen wurde. Aber der König – selbst der König hat es gelesen, Lucie! – Warum lächelst du? Du lächelst

überhaupt ständig auf mich herab, mal gütig, mal spöttisch, je nach dem, was ich dir gerade erzähle.
Du warst die Ältere, Lucie, mir immer um zehn Jahre voraus. Daher wohl stets dein mütterliches Verständnis für den Luftikus, den Lebensgenießer, der dein Mann war. Jetzt aber bin ich älter als du, ich habe dich überrundet mit meinen fünfundachtzig Jahren. Und es steht mir wohl an, die Weisheit meines Alters gegen die Weisheit deines ganzen Lebens zu setzen. Deine Weisheit kam aus dem Herzen, meine kommt aus dem Verstand. Sind sie gleich geworden?
Vor dreißig Jahren bekannte ich mich zu Rom, trat zum katholischen Glauben über. Auch das war eine Prüfung für dich, teuerste Freundin. Ich habe dir viel zugemutet. Aber immer war deine Liebe meine Kraft, die mich weitertrug.
Wie reich war mein Leben durch die Berliner Freunde. Das wußtest du, nicht wahr? Ich sollte mich auch ihrer besinnen in meinem Rückblick. Varnhagen von Ense, der mir so liebe Altersgenosse, mit seiner intelligenten Frau Rahel, E.T.A. Hoffmann und Heinrich Heine. Auch die extravagante Bettina von Arnim – siehst du, Lucie, ich vergesse keinen. Alle sind sie mir vorausgegangen – wie du. Und ich stehe jetzt hier allein in meinem Schloß Branitz und warte auf meine Weihnachtsgesellschaft. Morgen werden sie

kommen, alle, die übriggeblieben sind. Ich werde der Älteste in der Runde sein. Und ich werde ihnen ein Festmenue vorsetzen, von dem sie noch lange reden werden. –
Es gehört zu den Festen, daß man köstlich tafelt. Und der erste Toast wird dir gelten, meine geliebte Frau. A votre santé! – Ich wünschte, du wärst bei mir.
Seit sechzehn Jahren halte ich diese Weihnachtsansprache. Du bist schon sehr lange fort. Aber nun wird's ja nicht mehr lange dauern, bis auch ich Schloß Branitz verlasse. Im Park wird man mich begraben, unter einem zehn Meter hohen Erdhügel. Das habe ich mir gewünscht, und das wird auch so geschehen.
Du warst sehr unglücklich, mein liebes Weib, als ich Muskau verkaufen mußte. Aber es war die einzige Lösung, und mich hat dieser Verkauf von einer großen Last befreit.
Jetzt habe ich Schloß und Park nach zwanzig Jahren wiedergesehen und war glücklich, daß alles so wohlgepflegt ausschaute.«
Er stand still vor dem Bild, das unbeirrt zu ihm herablächelte, und drehte das Glas zwischen den Fingern.
»Hör zu, Lucie – morgen wird das alljährliche Weihnachtsdiner steigen. Es wird eine Mockturtlesuppe geben, dann Hechtklößchen in Champagnersoße mit Dillreis, Rehkeule mit Preisel-

beeren, eine Käseplatte, und zum Abschluß Fürst-Pückler-Eis. Gut? Habe ich deine Zustimmung?«

Er dachte daran, wie er das Eis kreiert hatte: Eine Schicht Sahne mit Vanillemark, eine mit Erdbeermark und eine mit geraspelter Schokolade. Darunter geschnittene Makronen. Das Ganze in eine Eisbombe geschichtet und für Stunden in zerschlagenem Eis mit Viehsalz zum Frosten gestellt. Dieses Dessert hatte seine Wirkung noch nie verfehlt. Fürst-Pückler-Eis als Höhepunkt des Weihnachtsdiners! Er leerte das Champagnerglas und nickte Lucie von Hardenbergs Bild noch einmal zu. Dann zog er die goldene Deckeluhr aus der Westentasche.

»Zeit zum Abendessen.«

Die Kerzen brannten noch, als er den Raum verließ.

Herrnhuter Weihnacht

Reinhard war zehn, als sich sein Leben entscheidend änderte. Vier Jahre lang war er zur Dorfschule gegangen, zusammen mit den schlesischen Bauerjungen, mit denen er auch gespielt hatte. Um sein Schulwissen zu erweitern und ihn auf das Gymnasium vorzubereiten, war zweimal wöchentlich ein Abiturient aus Görlitz auf das väterliche Gut gekommen, der sich mit diesen Unterrichtsstunden ein Taschengeld verdient hatte.

Gleich nach Weihnachten setzten sich Herr von Roedern und seine Frau zu einem bedeutsamen Gespräch zusammen.

»Im Januar melde ich Reinhard bei den Herrnhutern an«, beschloß der Gutsherr. »Ich möchte, daß der Junge eine vernünftige Schulausbildung erhält und dort sein Abitur macht.« Editha von Roedern sah ihren Mann mit großen Augen an.

»Aber dann muß er ja fort von uns!«

Der Vater blieb unerbittlich.

»Hier auf dem Hof kann er nichts werden. Außerdem möchte ich, daß er unter junge Leute kommt. Hier ist er immer das Einzelkind.«
»Das ist nicht wahr.« Editha wagte noch einen Einwand. »Er spielt doch ständig mit der Dorfjugend. Wir könnten auch einen Hauslehrer auf das Gut nehmen – wenigstens für ein paar Jahre.« »Nein, Ditha. Ich möchte nicht, daß Reinhard so ein Priviligiertensöhnchen wird. Er soll aufwachsen wie andere Kinder auch. Er soll es lernen, sich in eine Gemeinschaft zu fügen«.
Ulrich von Roedern stand auf und ging ein paar Schritte im Raum auf und ab. Dann blieb er vor seiner Frau stehen und legte ihr, die ganz vornübergesunken war, leicht die Hand auf die Schulter.
»Denk' an den Jungen, Ditha, auch wenn dir das jetzt schwerfällt. Er wird es dir später einmal danken.«
»Aber er ist doch noch ein Kind!«
»Eben darum. Jetzt wird er die Umstellung noch am besten verkraften. Es ist der richtige Zeitpunkt.«
Nachdenklich blieb er am Fenster stehen und sah hinaus. Wie zu sich selbst sprach er:
»Graf Zinzendorf wußte schon, was er tat, als er die Herrnhuter Brüdergemeine ins Leben rief. Sie ist in ihrem mehr als zweihundertjährigen Bestehen eine wunderbare, christliche Gemein-

schaft geworden, aus der mutige und gescheite Männer und Frauen hervorgegangen sind.« Er drehte sich zu seiner Frau um. »Ich bin ja auch bei den Herrnhutern im Pädagogium Niesky erzogen worden. Es ist mir glänzend bekommen.«
Editha von Roedern seufzte.
»Es wird sehr still werden ohne ihn.«

Im April, nach den Osterferien, brachte Editha ihren Sohn ins Internat nach Niesky. Sie setzten sich in den Zug, der von Löbau kam, fuhren über Görlitz und standen am frühen Mittag im Zimmer des Schulleiters. Nach der gegenseitigen Vorstellung und den freundlichen Willkommensworten des Direktors führte ein junger Lehrer - der, wie hier üblich, mit »Bruder« und seinem Familiennamen angesprochen wurde - Reinhard in den Schlafraum und zeigte ihm seinen Schrank. Editha beobachtete ihren Sohn. Ihren aufmerksamen Blicken entging keine Reaktion des Jungen. Sie sah, daß er die ungewohnte Umgebung mit neugierigen Blicken betrachtete. Sie, der der Trennungsschmerz das Herz zusammenzog, hätte sich wohl gewünscht, daß Reinhards Bereitschaft für sein neues Domizil etwas abwartender gewesen wäre. Offensichtlich gefiel ihm alles, was er zu Gesicht bekam. Ein paar Jungen gingen an ihnen vorbei und grüßten, und Reinhard grüßte so unbefangen zurück, als sei er nicht erst seit einer Stunde in diesem Haus.

»Na dann, mein Jungchen«, sagte Editha und schluckte den Kloß hinunter, der sich auf ihre Stimmbänder gelegt hatte, »dann mach's gut in deinem neuen Heim. Schreib' bald, auch wenn du was brauchst. Heimweh – Heimweh brauchst du nicht zu haben. Es ist ja ganz nah nach Haus. Und ich komme, so oft ich kann.«

Sie zog ihn an sich und sah über seinen Kopf hinweg ins Leere. Sie war plötzlich sehr allein.

Reinhard küßte sie auf beide Wangen. »Mach' dir keine Sorgen, Mutter. Ich glaube schon, daß es mir hier gefallen wird. Sommerferien gibt's ja auch bald, dann komm' ich sowieso heim. Grüß' Vater.«

Editha nickte. »Er war ja auch Nieskyer Schüler, nicht wahr? Vergiß das nicht, mein Kind.«

Sie ging mit einem geraden, steifen Rücken, dem man den Kummer mütterlichen Verzichts ansah.

Das kameradschaftliche Miteinander der jungen Zöglinge, die Erziehung durch verständnisvolle Lehrerinnen und Lehrer erleichterten Reinhard das Einleben in die neue Gemeinschaft. Die ersten regelmäßigen Briefe, aus denen die Mutter zwischen den Zeilen nicht eingestandenes Heimweh zu lesen glaubte, wurden abgelöst

durch weniger regelmäßige, dafür aber sehr vergnügte Berichte. Nicht nur die Nachmittage, die nach den Schularbeiten zur freien Verfügung standen und von den Schülern in Gruppen oder zu zweit genutzt wurden, sondern auch die Schulvormittage gefielen dem Internatsschüler Reinhard von Roedern. Es fiel ihm leicht, sich einzuordnen. Mit seiner raschen Auffassungsgabe hatte er schnell den Wissensstand seiner Klasse eingeholt. So jung er war, begriff er doch schon die Grundideen der Ökumene und des Pietismus, die den Schülern auf ihnen verständliche Weise im Religionsunterricht nahegebracht wurden und die dem Geist des Gründers der Brüdergemeine entsprachen.
Die Ferien verlebte Reinhard auf dem väterlichen Gut. Sehr bald brachte er einen Freund mit, den lebhaften Gernot Hakenbach. Roederns nahmen den Jungen mit Freuden bei sich auf. Er war intelligent und geradlinig und hatte auf Reinhard einen guten Einfluß. Editha hatte diese Freundschaft anfangs mit uneingestandenem, eifersüchtigem Mißtrauen angesehen. Sie hatte sich auf das Zusammensein mit ihrem Jungen gefreut und ihn ganz für sich haben wollen. Sie hatte Pläne gemacht, wie sie jede Stunde miteinander auskosten wollten. Nun mußte sie ihn nicht nur mit dem Freund teilen, sondern ihn fast ganz an diesen abgeben. Nach anfänglichem Ha-

dern überwand sie sich aber und fügte sich in die Rolle als mütterliche Gefährtin beider Jungen.

Die ersten Weihnachtswochen im Internat waren für Reinhard aufregend und voller Spannung und Erwartung. Schon vor dem ersten Advent, im November, begann ein geheimnisvolles Basteln und Vorbereiten in den verschiedenen Stuben des Hauses. Alle Räume, Gänge und auch der Speisesaal wurden festlich ausgeschmückt mit Girlanden, Transparenten und Adventssternen. Reinhard hatte vorweihnachtlichen Schmuck in dieser Fülle nie gesehen. Zwar hing in der Diele des Gutshauses auch ein riesiger Adventskranz mit dicken, roten Kerzen, und in der Vorweihnachtszeit duftete das ganze Haus nach Pfefferkuchen und gebratenen Äpfeln. Aber hier, in dieser Gemeinschaft junger Menschen, entstand eine ganz andere Atmosphäre. Er fühlte sich stolz als Mitglied dieser Gemeinschaft, klebte mit Eifer aus gelbem und rotem Papier vielzackige Sterne, sägte und malte Krippen aus und erglühte vor Freude über das Lob seines Aufsicht führenden Lehrers, den man hier »Stubenbruder« nannte.
Die Stuben blieben in diesen Tagen den Bewohnern der jeweils anderen Räume verschlossen. Jede Gruppe versuchte, ihr Zimmer am phantasievollsten auszuschmücken. Erst am Abend des

ersten Advent wurden die Türen geöffnet und die Geheimnisse offenbart.
Auf diese Weise ging die Vorweihnachtszeit schnell dahin, und es konnte bei keinem der kleinen und größeren Internatsinsassen Heimweh aufkommen. Es war viel zu aufregend, dabei zu sein, wenn beispielsweise am Morgen des ersten Advent eine Gruppe junger Bläser durch das noch verschlafene schlesische Städtchen Niesky zog und die Einwohner mit Advents- und Weihnachtsliedern weckte.
Zum Frühstück, bei dem der große Eßsaal nur durch Kerzenlicht erhellt war, trugen die Lehrer Kakao, Brot und Kuchen herum und verwöhnten ihre Zöglinge.
Reinhard, der das zum ersten Mal erlebte, geriet zunächst in gelinde Verlegenheit, bis er die Besonderheit genauso genoß wie die anderen. Voller Vorfreude ging er mit zum Kindergottesdienst und am Nachmittag zur »Hosianna-Stunde«. Er nahm teil an dem großen Wechselgesang zwischen dem Kirchenchor auf der Empore und der Kindergruppe, die unten im Saal mit kräftigen Stimmen ihr »Hosianna, gelobet sei der da kommt . . .« sangen. Wochenlang hatte er mitgeprobt. Nun an Gernots Seite an der eigentlichen Festaufführung teilnehmen zu dürfen, war ein Geschenk für den Jungen, das Weihnachten schon fast vorwegnahm.

Wenige Tage vor Weihnachten fuhr ein Teil der Nieskyer Schüler heim. Reinhard gehörte zu ihnen. Als ihn die Mutter an der großen Eingangstür in die Arme nahm, sah sie prüfend in sein Gesicht.
»Hast du Heimweh gehabt?«
Reinhard sah mit erstaunten Augen zu ihr auf.
»Nee, warum? Es ist doch prima dort. Hab' ich dir das nicht geschrieben?«
»Schon, schon.« Editha legte ihm den Arm um die Schultern und führte ihn ins Haus. »Du bist groß geworden, Junge«, und es schwang wie eine leise Enttäuschung in ihrer Stimme.
Gernot war über Weihnachten im Internat geblieben. Als die Jungen nach den Ferien wieder zusammen waren, erzählte er dem Freund von der Herrnhuter Weihnacht.
»Wir hatten schon morgens eine Andacht im Kirchensaal, mit Kerzenbeleuchtung und Weihnachtsmusik. Nachmittags dann noch die Christnacht für die Kleinen, da kamen alle Kinder, Eltern und Großeltern, alle, die zu der Zeit da waren, weißt du? Und als wir gesungen hatten, da wurde die Saaltür von außen aufgemacht, und die Schwestern kamen rein, ganz altmodisch angezogen, aus dem achtzehnten Jahrhundert oder so.«
»Die Schwestern – welche Schwestern denn?« fragte Reinhard.

»Na, die nennt man dann so. Das sind die großen Mädchen aus dem Internat, glaube ich. Jedenfalls hatten die schwarze Kleider mit weißen Schürzen an, und weiße Häubchen auf dem Kopf. Ganz hübsch sah das aus. Die haben jedem Kind eine weiße Kerze mit einer Goldmanschette in die Hand gegeben. Richtig feierlich war's.«
Reinhard hörte nachdenklich zu.
»Das nächste Mal bleib' ich auch hier«, entschied er.
»Warum? War's denn nicht schön bei dir zu Haus?«
»Doch, schon. Aber da bin ich eben nur mit den Eltern zusammen, und es ist immer dasselbe.«
»Hier ist es auch immer dasselbe.« Gernot drehte einen übriggebliebenen Goldstern zwischen den Fingern.
»Aber hier sind so viele Kinder beisammen. Das macht mehr Spaß. – Warum bist du eigentlich nicht nach Hause gefahren?«
Der Freund zögerte. »Es ist ziemlich weit nach Haus, weißt du? Die Bahnfahrt kostet 'ne Menge Geld, und das lohnt sich nicht für die paar Tage. So dicke haben wir's auch nicht. Und außerdem bin ich schon zum dritten Mal hiergeblieben. Ich kenn' das alles schon und freu' mich drauf. Abends ist dann immer noch die Christnacht für die Großen.«
Im nächsten Jahr blieb Reinhard wirklich über

die Weihnachtstage in Niesky. Er erlebte die festliche Zeit intensiv mit allen anderen mit, konnte es aber doch nicht verhindern, daß sich zum ersten Mal ein leises Heimweh in seine Gefühle schlich.
Editha hatte das in mütterlicher Ahnung vorausgesehen. Sie stieg ihrerseits in den Zug und fuhr über Görlitz nach Niesky. Am ersten Weihnachtsfeiertag stand sie mit ihren Geschenken vor dem strahlenden Jungen. Ulrich von Roedern war dagegen gewesen.
»Du verwöhnst ihn zu sehr. Wenn er sich nun mal entschieden hat, ein Weihnachtsfest dort mit seinen Kameraden zu verbringen, muß er es auch durchstehen, wenn er etwas Heimweh bekommt.«
Editha sagte nichts. Sie sah ihren Mann nur stumm an, und da verstand er. »Fahr' nur, Ditha. Es ist ja nicht nötig, daß zwei darunter leiden.«
Ein Jahr später fuhr Gernot auf dringende Einladung des Ehepaares Roedern mit Reinhard zusammen auf das Gut. Editha schickte das Fahrgeld für beide vorab nach Niesky.

Bei Kriegsausbruch 1939 wurde Ulrich von Roedern als Reserveoffizier eingezogen. Die erste Kriegsweihnacht wurde wieder nach Niesky verlegt. Editha fuhr zwei Tage vorher dorthin und verbrachte die ganze Weihnachtswoche mit

»ihren beiden Jungen«, nahm an der Christnacht im Kirchensaal teil, hörte die Weihnachtsgeschichte und das Kurrende-Singen und fühlte sich nicht mehr so allein.
Ostern 1940 sollten die beiden Freunde in die Abiturklasse kommen. Am Jahresbeginn zog Gernot einen Briefumschlag hervor und reichte ihn Reinhard, stumm und abwartend. Reinhard wußte plötzlich, daß dies eine gewichtige Botschaft war. Mit zitternden Fingern holte er den Bogen aus dem Umschlag. Es war der Gestellungsbefehl für Gernot Hakenbach, siebzehn Jahre alt. Fassungslos blickte er auf das Papier. »Warum denn das? Wir sind doch noch gar nicht dran!«
»Ich hab' mich freiwillig gemeldet. Jetzt wird doch jeder gebraucht, nicht?«
»Und warum hast du mir nichts davon gesagt?«
»Weil ich genau wußte, daß du mir davon abraten würdest. Aber ich will mit. Je mehr losziehen, desto eher ist der Krieg zu Ende. Man muß schließlich seine Vaterlandsliebe in die Tat umsetzen, oder?«
»Aber Gernot, dazu haben wir auch noch später Zeit. Laß uns doch erst mal das Abi machen.«
»Das krieg' ich jetzt hinterhergeschmissen. Man bekommt einen Reifevermerk oder sowas Ähnliches. Und wer weiß – wenn wir jetzt nicht mitmachen, ist der Krieg vorbei und wir sind gar nicht dabeigewesen.«

Reinhard schüttelte den Kopf.
»Ist es denn so wichtig, daß man bei der Schießerei dabei ist? Man kann dem Vaterland ja auch nützen, wenn man was für seine Bildung tut.«
Gernot nahm den Brief wieder an sich.
»Jetzt ist's nicht mehr zu ändern«, sagte er gelassen. Dann lachte er den Freund an: »Mensch, das ist doch eine tolle Sache, Soldat zu sein. Da erlebt man doch was! Und später kommst du dann nach. Ich warte da auf dich. Dann werde ich dir allerdings mit meinen Erlebnissen ganz schön voraus sein.«
Drei Tage später verließ Gernot das Internat, zusammen mit einigen anderen Kriegsfreiwilligen. Er bekam eine harte, viermonatige Infanterieausbildung und marschierte im Mai durch die Niederlande und Belgien nach Frankreich. Seine Feldpostbriefe, meist nur kurze Notizen, waren kleine Dokumente vaterländischer Begeisterung.
»Er ist eben noch sehr jung«, sagte Editha seufzend, die von ihrem in Polen stehenden Mann ganz andere Post erhielt. Ulrich von Roedern verfolgte voller Besorgnis die Entwicklung von Hitlers expansiven Bestrebungen.
Für Reinhard wurde das letzte Schuljahr in Niesky zu einer schweren Zeit. Er vermißte den fröhlichen Freund, mit dem er sieben Jahre in engster Verbundenheit gelebt hatte. Verbissen

stürzte er sich in die schulischen Aufgaben und wurde ein glänzender, bei den Lehrern zu Recht beliebter Schüler.
In den frühen Sommerferien Mitte Juni fuhr er heim. Editha kam ihm über die Auffahrt mit bleichem Gesicht entgegen und schloß ihn in die Arme. Gernot Hakenbach war im Frankreich-Feldzug gefallen. Sie hatte die Nachricht von seinen Eltern bekommen.
»Aber er hat mir doch versprochen, auf mich zu warten«, stammelte Reinhard. Die Sinnlosigkeit seiner Worte begriff er nicht. Er begriff auch nicht die Sinnlosigkeit dieses frühen Todes.

Kurz nach dem Abitur wurde auch er eingezogen. Er kam zur Luftwaffe und wurde zum Flugzeugführer ausgebildet. Als Deutschland der Sprit ausging, bekam er ein Gewehr in die Hand gedrückt und wurde Infanterist. Der Krieg endete für ihn in einem amerikanischen Gefangenenlager.
Editha von Roedern war auf dem Gut bei Gersdorf geblieben, mit einigen ihrer Arbeiter. Reinhard kam im April 1947 nach Hause, sein Vater zwei Jahre später aus russischer Gefangenschaft. Die Ländereien waren enteignet und in eine LPG umgewandelt worden. Im Gutshaus bewohnten Reinhard und seine Mutter zwei Zimmer. Sie fühlten sich beengt und gedemütigt.

Alle anderen Räume waren verschiedenen Familien zugeteilt worden. Als Weihnachten nahte, bat Reinhard:

»Laß uns nach Niesky fahren, Mutter. Ich möchte noch einmal eine Herrnhuter Weihnacht erleben.«

Editha zögerte. »Meinst du, wir dürfen da so einfach aufkreuzen? Und wer weiß, wer jetzt noch da ist und wie dort heute eine Weihnachtsfeier aussieht.«

Sie fuhren beide hin, am 24. Dezember. Das Internat gab es nicht mehr. Sie trafen auch keinen der Lehrer mehr an. Aber der Pfarrer war noch da und begrüßte sie freundlich.

»Sie sind nicht die einzigen ›Ehemaligen‹, die heute zu meiner Weihnachtsandacht kommen werden. Es haben sich schon andere bei mir gemeldet. Ich freue mich. Es ist zwar sehr einfach geworden in unserer Brüdergemeine, aber ich habe versucht, etwas von dem alten Glanz zu retten.«

Sie versammelten sich alle im alten Kirchensaal, dessen charakteristisches Weiß erhalten geblieben war. Irgendwer hatte ein paar Kerzen aufgetrieben, alte Adventssterne waren geglättet worden, und eine Tanne verströmte ihren unverwechselbaren Duft. Reinhard dachte daran, mit wieviel Liebe und Eifer sie als Kinder diese Sternzacken aus gelbem, rotem oder weißem Papier ausgeschnitten, gefaltet und schließlich geklebt hatten. Die Herrnhuter Sterne waren eine Besonderheit und mit anderen Weihnachtssternen nicht vergleichbar.

Auch die Herrnhuter Christfeste hatten ihre Besonderheit. Am Weihnachtsabend wurde nur das Wort der Heiligen Schrift verkündet. Die Predigt folgte erst an den Feiertagen. Der Pfarrer las die Worte aus dem Lukas-Evangelium: »Es begab sich aber zu der Zeit ...« Die Weihnachtsgeschichte wurde unterbrochen vom Gesang der Kirchgänger. Reinhard, der den Ablauf der Andacht kannte, sang kräftig mit und war überrascht, daß er nichts davon vergessen hatte. Editha saß still neben ihm. Ihre Hände lagen gefaltet in ihrem Schoß. Andächtig nahm sie das festliche Geschehen in ihrem Herzen auf. »Es war richtig, daß Reinhard dies jahrelang erleben durfte«, dachte sie. Ulrich hatte recht gehabt.

Als sie mit ihren Gedanken so weit gekommen war, hörte sie die Stimme des Pfarrers:

»Maria aber behielt alle diese Worte und bewegte sie in ihrem Herzen.« Editha lächelte.

Von der Empore herab sang der Kirchenchor das von Bach vertonte Paul-Gerhard-Lied »Ich steh' an deiner Krippe hier, o Jesu, du mein Leben ...« Reinhard legte seine Hand auf die gefalteten Hände der Mutter. Ihre Blicke trafen sich. Sie wußten, daß sie beide an die dachten, die ihnen jetzt so sehr fehlten. Mit kräftigem Gesang stimmte die Gemeinde das alte Brüderlied an, das Reinhard mit seinen Kameraden einst gesungen hatte: »Morgenstern auf finstre Nacht, der die Welt voll Freude macht...« Als er mitsingen wollte, saß ihm ein Schluchzen in der Kehle. Er sah in das flackernde Licht der Kerzen und dachte an den Freund seiner Kinderjahre.

»Stille Nacht« in Klein-Oels

Jahrzehntelang hatten sie in der Öffentlichkeit kein deutsches Wort sprechen dürfen, die wenigen Daheimgebliebenen von Schlesien. Jetzt, nachdem die Mauer gefallen war und sich der Osten allenthalben dem Westen öffnete, in diesem Spätherbst 1989, brachen sie mit ihren ängstlich gehüteten Heimlichkeiten. Sie traten selbstbewußt auf: Wir sind Deutsche, wir verlangen unsere Rechte!

Dreiundvierzig Jahre war es her, daß Andreas Kamitzki umgetauft wurde in »Andrzej«. Er war damals knapp acht Jahre alt. Sein Vater war der Dorfschuster. Er »durfte« dableiben, weil es keinen anderen Schuster gab. Paul Kamitzki wurde kurz nach der Vertreibung der schlesischen Dorfbewohner auf die Kommandantur in der nahen Kreisstadt Oels bestellt, das jetzt Oleśnica hieß. Als er zurückkam, hieß er »Pawel«, und aus seiner Luise war eine »Luzina« geworden.

»Wenn die doo denken, doas se aus mia itze een

Pollacken maoçhen kenn', ham se sich geirrt. Und wenn's noo asu polnisch klingt: Pawel Kamitzki!«
Deutsch sprechen durften sie nur noch in den eigenen vier Wänden. Und das taten sie. Im Hause des Schusters fiel kein polnisches Wort.
Andreas mußte mit den Kindern der neuen Einwanderer aus dem Osten in die Schule gehen und lernte das Polnische im Handumdrehen, wie Kinder ja schnell eine andere Sprache lernen. Mit ihm gingen die Kinder des Gastwirts Leutasch in die neue Schule, und die vom Bäckermeister Mrusek, der jetzt »Mrusicki« hieß. Die junge blonde Lehrerin mit den hohen Wangenknochen und den schrägen, grünen Katzenaugen führte ein strenges Regiment. Wehe, sie hörte ein deutsches Wort unter den Kindern der Alteingesessenen! Es gab Strafpredigten und Strafarbeiten und jedesmal die Drohung, sie werde eine Meldung ans Bezirksamt der Stadt geben. Als Andreas einmal vernehmlich »Scheiße« sagte, bekam er einen Hieb mit dem Lineal über die Finger, daß das Blut hervorsprang.
Mit fünfzehn nahm ihn der Vater in die Lehre, und mit siebzehn wußte er, wie man aus derbem Rindsleder ein Paar ebenso derbe Stiefel macht. In Brzeg, das einmal Brieg geheißen hatte, bestand er seine Gesellenprüfung, von Anfang bis Ende polnisch selbstverständlich, und drei Jahre

später machte er seinen Meister. Trotzdem blieb er im Dorf, in Oleśnica Mała, das für seine Eltern immer noch »Klein-Oels« war.
Heimlich traf sich die kleine Gruppe Deutscher immer wieder, vor allem zu den Festtagen des Jahres. Das Bekenntnis zum Deutschtum war ungebrochen, obwohl das jahrzehntelange Versteckspielenmüssen alle belastete. Der Dorfwirt Leutasch gab dafür den kleinen Raum hinter der Gaststube, auch dann, wenn das »restauracje« überfüllt war. Die Polen gingen gern zu dem Deutschen, dem »niemiecki«. Er verstand es, das polnische Bier zu »pflegen«, zapfte es gut und servierte es mit einer schönen, weißen Schaumkrone. Und irgendwas lag immer auf dem Teller, wenn die Versorgungslage auch noch so angespannt war: Heringshäckerle, Plinsen, manchmal auch eine Sauerkrautsuppe oder einfach »Dicke Kartoffeln«. Viel zu verdienen war nicht an den Gerichten, aber wer in dem polnisch gewordenen Schlesien verdiente schon gut! Siegmund Leutasch, der das Glück hatte, trotz der polnischen Umschreibung seines Vornamens immer noch Zygmunt zu heißen, verstand es meisterhaft, seine polnischen Gäste zu deren Zufriedenheit zu bewirten und sich dabei doch ein Hintertürchen zu seiner deutschen Landsmannschaft offen zu halten – im wahrsten Sinne des Wortes. Es war anzunehmen, daß die Polen von

den geheimen Treffen der deutschen Minderheit wußten. Aber solange ihnen ein gutes Bier und ein paar deftige Gerichte serviert wurden, hielten sie sich zurück und beschränkten sich auf wenige zweideutige Sticheleien. Anders wurde es, wenn Leute aus der Stadt kamen. Das geschah hin und wieder. Es waren Genossenschaftler aus Brieg – oder vielmehr Brzeg –, die nachsahen, ob auch alles mit den bäuerlichen Abgaben rechtens zuging. Da das Ergebnis dieser Prüfungen nie erfreulich war, kehrten die Genossen am Schluß mit miesepetrigen Gesichtern im Gasthof ein, ließen sich vom Wirt ein Bier kredenzen und palaverten noch eine Weile. Leutasch Zygmunt und seine Frau standen stumm hinterm Tresen, verstanden nur noch mangelhaft polnisch und hatten die Ohren nach hinten gerichtet, wo aus der Hinterstube leise Heimatgesänge ertönten, in deutscher Sprache oder vielmehr schlesisch. Bei solchen Gelegenheiten waren der Wirt und die Frau Wirtin besonders flink im Nachfüllen der Gläser in der vorderen Wirtsstube, und wenn dort die polnischen Gesänge anhuben, konnte den schlesischen Heimatsängern im Hinterstübchen eigentlich nichts mehr geschehen.

Ostern und Weihnachten brachte der Pawel Kamitzki ein kleines hölzernes Kruzifix, das er zur besseren Standfestigkeit auf ein Brettchen genagelt hatte, mit in den hinteren Raum, und allen wurde ganz feierlich zumute. Da es keinen deutschen Pfarrer in Klein-Oels mehr gab, nahm der Schuster das Wort, las aus der Bibel den Text, den er ausgesucht hatte, versprengte ein bißchen Weihwasser und ließ – mit halber Stimme – ein Kirchenlied singen. Danach gab es ein schlesisches Gericht, zu Ostern Schwärtelbraten mit Sauerkraut und Klößen, und zu Weihnachten Mohkließla. Wie der Leutasch es immer fertigbrachte, das dazu benötigte Pfund Mohn aufzutreiben, blieb sein Geheimnis.

Dreiundvierzig Jahre lang pflegte die kleine Gruppe dortgebliebener Schlesier ihre Traditionen. In ihrem Dorf waren sie von den polnischen Herren des Landes gelitten. Man brauchte sie, sie waren gute Handwerker und Bauern, der Leutasch als einziger Gastwirt schier unentbehrlich. Nur deutsch sprechen durften sie nicht, auch nicht untereinander. Und in der nahen Stadt, die sie hin und wieder zu Besorgungen aufsuchen mußten, war es ganz unmöglich, sich als alteingesessene Schlesier zu geben. Dieses »Ich war schon eher hier als ihr« durfte nicht einmal auf ihren Mienen erscheinen, obwohl es jeder grimmig dachte. Und wenn er daran dachte, dann quälte sich das vorgeschriebene »Dzień dobry« nur mühsam zwischen seinen Zähnen durch.

Nicht, daß die Klein-Oelser die einzigen dagebliebenen Schlesier waren. Überall im Lande gab es solche Gruppen, die notgedrungen so taten, als wären sie in der neuen Bevölkerung völlig integriert, die sich aber eng zusammengeschlossen hatten und in gewisser Weise abkapselten.
In Klein-Oels hatten sie den Schuster Paul Kamitzki vor etlichen Jahren zu Grabe getragen. Seine Luise folgte ihm wenige Monate später auf den kleinen Friedhof. Sie mußten sich ganz dicht an die Mauer drängen in ihren Gräbern, die beiden Deutschen. Daß sie überhaupt einen Platz zwischen den dahingegangenen Polen fanden, war dem Umstand zu verdanken, daß auf die winzigen Grabsteine ihr polnischen Namen gemeißelt wurden: PAWEL KAMITZKI, LUZINA KAMITZKI. Daß Luise eine geborene Müller war, mußte man von Amts wegen weglassen.
Die Schusterwerkstatt hatte Andrzej schon vor ein paar Jahren übernommen. Er war jetzt fünfundvierzig Jahre alt und Vater von drei Kindern, zwei Jungen und einem Mädchen. Mit seiner Frau Anja, der Tochter vom Leutasch-Wirt, würde er bald Silberhochzeit feiern. Daß er einmal Andreas geheißen hatte, das hatte er nur bis zum Tod seiner Mutter gewußt. Sie hatte ihn nie anders genannt. Jetzt nannten ihn alle »Andrzej«, selbst seine Frau. Den Gasthof hatte der Leutasch-Sohn übernommen, der Viktor, der ge-

nau wie sein Vater das Glück hatte, seinen Vornamen phonetisch behalten zu können. Sie hatten ihm nur statt eines V ein W an den Anfang gesetzt, also »Wiktor«, damit es polnischer aussah. Viktor hatte sein Gewerbe von der Pieke auf vom Vater gelernt und war ein genauso begabter Gastwirt geworden, geschätzt von seiner polnischen Kundschaft wegen des guten Biers und der schmackhaften Mahlzeiten und von der »deutschen Minderheit« wegen seines stets zur Verfügung stehenden Hinterzimmers. Schwärtelbraten und Mohkließla machte seine Frau, die eine gute Köchin war, und Weihnachten gab's noch einen Punsch dazu. Viktor sorgte dafür, daß sein alter Vater stets dabei war, wenn sich die Schlesier im Hinterstübchen trafen. Dessen siebzigster Geburtstag wurde ebenso gefeiert wie der achtzigste, und obwohl die Wirtsstube voller Polen war, sangen alle ungeniert im Chor: »Hoch soll er läben ...«

Viktor bekam zwei Tage später eine Vorladung auf die Kommandantur von Oels. Es war 1984, kurze Zeit nachdem Kardinal Glemp in Tschenstochau für eine durchgreifende Polonisierung aller in Schlesien verbliebenen Deutschen plädiert hatte. Die Erhaltung ihrer Sprache und ihrer Traditionen sollten ihnen endgültig und energisch untersagt werden.

Viktor Leutasch kam niedergeschlagen aus der

Stadt zurück. Ein paar Monate lang wagten die Deutschen in Klein-Oels nicht einmal, einander auf der Straße zu grüßen. Nach dieser Rede von Kardinal Glemp, die über Rundfunk und Fernsehen verbreitet wurde, hatte das Miteinander von Polen und Deutschen überall in Schlesien eine neue Belastung erfahren. Die kleinen Gruppen daheimgebliebener Schlesier waren einmal mehr heimatlos geworden. Die polnischen »Zugereisten« in ihrer erdrückenden Überzahl beraubten sie ihrer angestammten Rechte. Sie setzten sie Repressalien aus, die immer unerträglicher wurden. Der lapidare Spruch: »Wer Macht hat, hat Recht« wurde täglich an ihnen realisiert. Haßwellen entstanden, wie sie vor Beginn des Zweiten Weltkrieges die Kommunikation zwischen Deutschen und Polen im Warthegau und in Oberschlesien vergiftet hatten. Der Eiserne Vorhang, der mitten durch Deutschland und seine Hauptstadt Berlin ging, der Ost und West hermetisch trennte, gab den Polen in ihrem schlesischen Protektorat die Sicherheit, die es ihnen erlaubte, die deutschen Restschlesier so unter Druck zu setzen, wie es ihnen gefiel. Ihre Väter hatten vor Jahrzehnten die deutschen Bewohner aus ihren Häusern und Höfen erbarmungslos vertrieben. Die Söhne, die es nicht verstanden hatten, das ihnen zur Verwaltung zugesprochene Land zu versorgen und zu pflegen,

hegten immer noch eine neidvolle Abneigung gegen die kleinen Deutschengruppen, deren Höfe und Gärten in Ordnung waren, die es verstanden, Gasthäuser ordentlich zu betreiben und ihr Handwerk ebenso auszuüben.
Und dennoch – es half ihnen nichts. Während ihnen die Dächer über den Kopf zusammenfielen, weil sie keine Hand rührten, um dem Verfall Einhalt zu gebieten, bestanden die wenigen deutschen Bauernhöfe und Handwerkerhäuser trotz aller Beschwernisse und Entbehrungen, die ihnen das kommunistische System auferlegte, in bescheidener Ordnung und Sauberkeit über Jahrzehnte alle Unbill.
Fünf Jahre lang herrschte in ganz Schlesien eine erschreckende Deutschfeindlichkeit nach dieser christlich-katholischen Rede. Es gab keine Kinovorstellung ohne einen Vorspann, der die Deutschen diffamierte. Die Polen wurden aufgewiegelt gegen ihren nächsten westlichen Nachbarn.
Im Mai 1989 geschah etwas schier Unglaubliches, und es flimmerte über alle Bildschirme der Welt: Ungarische Soldaten zerschnitten den Stacheldraht zwischen Ost und West. Das war der erste Schnitt in den Eisernen Vorhang. Über Ungarn gelangten Tausende Ost- und Mitteldeutscher in den verheißungsvollen Westen, in die Freiheit. Es war der Auftakt für die friedliche

Revolution »von unten«, die schließlich alle unnatürlichen Grenzen hinwegfegte und unter Jubel und Freudentränen zur Vereinigung des geteilten Deutschland führte. Der Weg von Ost nach West wurde frei.

Auch Schlesien erfuhr das. Im Spätherbst 1989 begann Polen, das schon vorher Versuche gemacht hatte, die Fesseln des Kommunismus abzustreifen, sich für einen Platz in Europa zu interessieren. Dazu gehörte vor allem Offenheit gegenüber dem Westen. Seit einigen Jahren gab es schon Visa für deutsche Touristen, die nicht nur um ihr so verändertes Heimatland und ihre Erinnerungen heimliche Tränen vergossen, sondern die auch die begehrte D-Mark ins Land brachten. Die Polen hielten die Hand auf und wurden deutschfreundlicher.

Diese neue Gesinnung machte jedoch vor den deutschen Minderheiten im Lande halt. Wer unter ihnen lebte und genauso arm war wie sie, der hatte nichts zu melden. Das war etwas ganz anderes.

Nun aber wurde der Kurs geändert. Als Gorbatschow die schwere Aufgabe anging, in seinem Riesenreich die Perestroika einzuführen, als die Machthaber der DDR gestürzt wurden und Polens direkter westlicher Nachbar ein geeintes Deutschland zu werden sich anschickte, schien man höheren Ortes einzusehen, daß Haß nichts

Gutes bewirken kann. Von einem Tag zum anderen gab es Erlasse, die deutschen Minderheiten in Schlesien zu tolerieren und ihnen gewisse Rechte einzuräumen.
In Oels und Breslau kamen sogar deutsche Schulen ins Gespräch, ebenso wie in Oppeln und Gleiwitz. Plötzlich wurden deutsche Gottesdienste zugelassen, wohl der größte Schritt des Entgegenkommens.
In Klein-Oels reagierten die Deutschen sofort. Hier und in allen anderen Gemeinden - vor allem auch in Oberschlesien - begannen sie wieder, in der Öffentlichkeit deutsch zu sprechen. Es machte ihnen Freude, in die Geschäfte und Gasthäuser zu gehen und laut und deutlich »Guten Tag« und »Auf Wiedersehen« zu sagen. Der Druck war von ihnen genommen.
Das Weihnachtsfest 1989 im Gasthof Leutasch war überwältigend. Viktor hatte am 24. Dezember an die Eingangstür ein Schild gehängt, auf dem in großen schwarzen Buchstaben zu lesen stand:

»ZANKNIĘTO«

was so viel heißt wie »Geschlossene Gesellschaft.«
Von den Deutschen des Dorfes fehlte keiner. Selbst den alten Siegmund Leutasch, den die Jahre gebeugt hatten und der fast blind war, hatten sie aus seiner Kammer geholt und auf den einzi-

gen Stuhl mit Armlehnen gesetzt. An das Kopfende des Tisches baute Andreas Kamitzki das Kruzifix, das schon sein Vater immer zu den Festtagen hierher gebracht hatte, legte Tannenzweige darum herum, und seine Frau stellte Kerzen rechts und links daneben. Dann las er in seinem hart gewordenen Deutsch die Weihnachtsgeschichte vor, schloß ein Dankgebet an für die neuen Zeiten, in denen sie nun leben durften, und intonierte mit unsicherer Stimme das schönste Lied der Christnacht: »Stille Nacht, Heilige Nacht ...«.
Es dauerte eine Weile, bis der nach und nach einsetzende Chor kräftiger wurde. Zuerst mußten noch viele Tränen der Rührung und Wehmut hinuntergeschluckt werden, und wo das nicht gelang, ließ man sie einfach über die Wangen laufen. Sie faßten sich an den Händen dabei, sie waren eine einzige, große Familie.
Aus der Küche duftete es schon nach dem Punsch, und Maria, Viktors Frau, ging nach dem Ende des Liedes hinaus, um nach einer Weile mit einem Tablett dampfender Gläser zurückzukehren. Jeder bekam sein heißes Festgetränk, die Kinder vorsichtshalber Apfeltee. Dazu gab's, wie stets, aus großen Schüsseln die traditionellen Mohkließla, von denen man höchstens einen Teller voll essen konnte, so satt machten sie. Der Leutasch-Wirt hob sein Glas und sagte nach-

denklich: »'s gäb schoo no a paar, die itze recht glicklich mit uns wär'n. Lußt uns amoal aon die denken.«

Und da war es für eine Minute ganz still im Raum, während der heiße Punsch durch die Kehlen floß.

Der Zauber der stillen Jahreszeit

Himmel und Erde scheinen sich nie so nah zu sein wie am Weihnachtsabend – da klingt die Freude in den Herzen der Menschen. Die Schriftsteller der Hamburger Autorenvereinigung beschenken uns mit nachdenklichen, fröhlichen, ungewöhnlichen Augenblicken und mit überraschenden Einsichten. Bei allen Unterschieden ist ihnen eines gemeinsam: der Glaube und das Wissen um eine einzigartige Zeit, um den Zauber der Stillen Nacht.

Mit Beiträgen von Dirk Becker, Sibille Brenner, Wolf-Ulrich Cropp, Burkhard Driest, Reimer Eilers, Rosemarie Fiedler-Winter, Gerlind Fischer-Diehl, Anke Gebert, Walter Kempowski, Sigrun Kiesewetter, Maria Köllner, László Kova, Günter Kunert, Gino Leineweber, Siegfried Lenz, Verena Rabe, Heidrun Schaller, Maren Schönfeld, Sybil Gräfin Schönfeldt, Barbara U. Schumann, Dagmar Seifert, Arno Surminski, Antje Thietz-Bartram, Axel Thormälen und Anna Würth.

Weihnacht

Herausgegeben von Gino Leineweber

176 Seiten, ISBN 978-3-7844-3231-1

Langen*Müller* www.langen-mueller-verlag.de